Les Pontonniers de la Bérézina

Roman historique

Jean–Marc Becquet

Dépôt légal octobre 2018, ISBN : 979-10-94133-30-9

JMB EDITIONS

Couverture © **Matthias Becquet**

Prix 9,00 €

« Il neigeait. On était vaincu par sa conquête.

Pour la première fois l'aigle baissait la tête.

Sombres jours ! L'empereur revenait lentement,

Laissant derrière lui brûler Moscou fumant.

Il neigeait. L'âpre hiver fondait en avalanche.

Après la plaine blanche une autre plaine blanche.

On ne connaissait plus les chefs ni le drapeau.

Hier la grande armée, et maintenant troupeau.

On ne distinguait plus les ailes ni le centre.

Il neigeait. Les blessés s'abritaient dans le ventre

Des chevaux morts ; au seuil des bivouacs désolés

On voyait des clairons à leur poste gelés,

Restés debout, en selle et muets, blancs de givre,

Collant leur bouche en pierre aux trompettes de cuivre.

Il neigeait, il neigeait toujours ! La froide bise

Sifflait ; sur le verglas, dans des lieux inconnus,

On n'avait pas de pain et l'on allait pieds nus.

Ce n'étaient plus des cœurs vivants, des gens de guerre

On s'écrasait aux ponts pour passer les rivières,

On s'endormait dix mille, on se réveillait cent.

L'empereur était là, debout, qui regardait.

Il était comme un arbre en proie à la cognée.

Sur ce géant, grandeur jusqu'alors épargnée,

Le malheur, bûcheron sinistre, était monté ;

Et lui, chêne vivant, par la hache insulté,

Tressaillant sous le spectre aux lugubres revanches,

Il regardait tomber autour de lui ses branches.

Chefs, soldats, tous mouraient. Chacun avait son tour.

Tandis qu'environnant sa tente avec amour,

Voyant son ombre aller et venir sur la toile,

Ceux qui restaient, croyant toujours à son étoile,

Accusaient le destin de lèse-majesté,

Lui se sentit soudain dans l'âme épouvantée.

Stupéfait du désastre et ne sachant que croire,

L'empereur se tourna vers Dieu ; l'homme de gloire

Trembla ; Napoléon comprit qu'il expiait »

Extrait du poème « L'expiation », Victor Hugo, 1853.

Préambule.

Un sergent-major du nom de Joseph Martin, né près de Clisson dans la région de Nantes, prisonnier en Russie, est libéré quelques jours après la chute du Premier Empire en avril 1814.

Le 13 octobre 1812, il est blessé, lors d'une escarmouche, par des cosaques durant la campagne de Russie. Il est fait prisonnier et passe de long mois, dans les geôles russes. Par la suite, il bénéficie de conditions de détention moins difficiles, habite chez l'habitant, et grâce à son intelligence et son érudition, il amasse un peu d'argent en donnant des leçons de français. Grâce à cela, il se dispose à prendre la diligence pour rentrer au pays. Au moment du départ il fait une rencontre, celle d'un autre soldat de la Grande Armée libéré comme lui et originaire lui aussi du pays nantais, mais qui ne peut revenir, faute de moyen. Il offre son aide à cet homme. La somme d'argent peut suffire aux frais de nourriture pour les deux hommes, mais en voyageant à pied. Ils partent et traversent une partie de l'Europe pour enfin rejoindre leur contrée d'origine, en janvier 1815.

Mais qui est le soldat qui accompagne le sergent-major Joseph Martin ? On sait qu'il est natif de Saint-Jean de

Boiseau, et 126 ans plus tard, le 13 mars 1938, le journal local, le « Vieux Clocher », lance un appel pour, à travers des descendants, trouver son nom.

Deux soldats, tous deux pontonniers sous les ordres du général Eblé et originaires de ce bourg, sont rentrés de Russie et peuvent correspondre. Ils ont, tous les deux, travaillé à la construction des ponts de la Bérézina.

Augustin Thabard a eu les pieds gelés, lors de leurs installations. Il rentre chez lui bien des années plus tard, tellement vieilli que sa mère ne le reconnaît pas.

Le second, Louis Averty est le compagnon de route de Joseph Martin. Il a aussi participé à l'édifice des ponts. Il fait partie des huit hommes sur les quatre cents pontonniers, qui ont pu traverser la rivière. Les autres sont morts pour la plupart ou pour quelques-uns, ont été faits prisonniers. Affecté ensuite sous le commandement du général Rapp, chargé de défendre la ville de Dantzig, il est nommé caporal en juin 1813. Après la capitulation de la garnison, il est fait prisonnier en janvier 1814. Il arrive à Saint Jean de Boiseau le 8 janvier 1815. Plus tard, il en devint le maire.

On pouvait lire sur le fronton de sa maison, « La Bérézina ».

D'après la société d'histoire de Saint-Jean de Boiseau.

Liste des personnages du livre.

J'ai voulu raconter la victoire de la bataille de la Bérézina, car c'est une victoire, mais aussi la retraite de Russie, à travers différents témoignages, tirés de livres de souvenirs ou de mémoires, sortis quelques années après la campagne de Russie, ou par des témoignages imaginaires, en essayant d'être le plus près possible de la vie des personnes, et de ce qu'ils ont laissé comme traces dans l'Histoire.

En voici la liste par ordre d'apparition dans ce livre.

Sergent-major Joseph Martin, originaire de Clisson, village du pays Nantais. Il est fait prisonnier en octobre 1812. Il côtoie les élites russes, et revient dans sa région natale en janvier 1815.

Actrice Louise Fusil, née Fleury, Française, née à Stuttgart, comédienne et demie mondaine. Ses récits de souvenirs, vécus ou inventés, sont utiles aux historiens pour donner un aperçu un peu différent des livres militaires de cette période. Elle est présente à Moscou lors de l'incendie, et suit la Grande Armée lors de la retraite.

Napoléon, ses mémoires écrits à Sainte-Hélène, ou comme il le précise ; « « l'Histoire est une suite de mensonges, sur lesquels on est d'accord. », sont à rapprocher des livres écrits par des proches, dont des généraux d'état-major, et du général et stratège suisse Antoine de Jomini, qui écrivit la vie politique et militaire de Napoléon à la première personne ce qui lui valut d'être surnommé le « devin de l'Empereur ».

Général Jean Rapp, un des rares généraux d'Empire à dire à l'Empereur ce qu'il pense. Aide de camp durant 14 ans, il sauve sa vie à plusieurs reprises, notamment pendant la retraite face à des cosaques.

Général Armand Caulaincourt, proche et confident, il accompagne l'Empereur durant son départ de la Grande Armée en décembre 1812 pour rejoindre la France, et recueille les « confidences » de Napoléon.

Secrétaire archiviste Jean-François Fain, accompagne l'Empereur durant toutes ses campagnes à partir de 1806, les ouvrages qu'il a écrits, sur les dernières années de son règne, sont sans conteste les plus véridiques sur la période.

Soldat Louis Averty, pontonnier, originaire de Saint-Jean de Boiseau, l'un des « constructeurs » des ponts de la Bérézina. Il accompagne ensuite le général Rapp durant le siège de Dantzig en 1813 et est fait prisonnier en Russie. Il rentre chez lui, en janvier 1815.

Amiral Pavel Tchitchagov, l'un des généraux russes qui combat la Grande Armée, notamment sur les rives droites de la Bérézina. Battu, il tombe en disgrâce et s'exile en France. On le dit francophile, admirateur de Napoléon, et des témoins racontent qu'il possédait un buste de celui-ci sur son secrétaire.

Médecin allemand Heinrich Roos, médecin-major faisant partie de la Grande Armée au sein d'un régiment de cavalerie allemand. Il est fait prisonnier au passage de la Bérézina, continue à exercer son métier dans l'armée russe et reste de nombreuses années dans ce pays après la guerre.

Général Partouneaux, faisant partie de l'arrière-garde, il essaye de rejoindre avec les restes de sa division, de nuit, le fleuve Bérézina pour le traverser. Ses troupes sont décimées, il se rend au général russe Wittgenstein,

Soldat Augustin Thabard, autre pontonnier du village de Saint-Jean de Boiseau, les pieds gelés lors de la construction, il est fait prisonnier, et ne rentre en France que bien des années plus tard, tellement vieilli que sa mère ne le reconnaît pas.

Général Philippe Ségur, officier d'état–major, historien. Ses livres assez fidèles sur les évènements ne cachent pas les erreurs de stratégie de l'Empereur, durant la campagne. Cela lui valut un duel plus tard avec le général Gourgaud, autre officier d'état-major, mémorialiste et inconditionnel de Napoléon.

Chapitre 1. Le 13 octobre 1812, Odintsovo à 30 kms de Moscou, Russie.

Témoignage du sergent-major Joseph Martin.

Ils m'ont blessé, je suis à terre, à plat ventre, le coup de lance m'a meurtri la main, désarmé et déséquilibré. Ils me clouent au sol avec leurs lances, ces maudits cosaques.

Ils vont me tuer, c'est certain. Je ne vais plus revoir ma paroisse de Gugand, près de Clisson, dans le pays nantais. Mourir à 27 ans, si loin de chez moi ! J'ai mal, comme pour les autres blessures que je me remémore, le pied gauche à Friedland le 14 juin 1807, et me voilà caporal, la cuisse gauche à Wagram, le 6 juillet 1809, et me voilà sergent. Mon capitaine illettré m'avait demandé d'envoyer à l'état-major, une liste d'officiers et de sous-officiers de la compagnie méritant la Légion d'honneur et de m'y inscrire, je l'ai fait, mais sans moi, à quoi cela sert ? Le côté gauche meurtrit par un boulet cette année, je ne sais plus quel jour de septembre, et me voilà sergent-major. Et aujourd'hui des blessures à la main et dans le dos, je vais passer officier, c'est certain…Si je reste vivant !

Nous sommes le 13 octobre. Il commence à faire plus froid. Il n'y a pas encore de neige, c'est rare à cette époque de l'année, nous dit-on.

Ils me jettent dans une charrette avec d'autres prisonniers français, blessés. Un comble, depuis le 12 octobre, sur ordre de l'Empereur, ma compagnie a pour mission de sécuriser les routes pour accompagner les blessés qui se trouvent à Moscou, afin de les convoyer sur Smolensk.

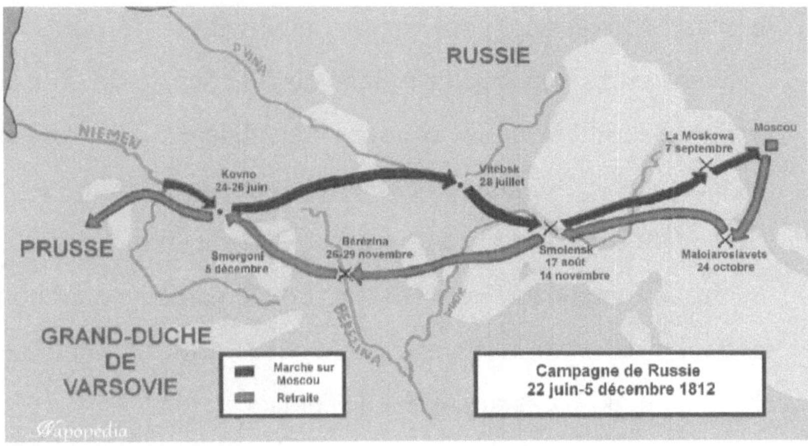

Nous pensions tous que c'était le début de l'évacuation de la ville. De toute façon, il ne reste rien, elle a brûlé durant des jours. Les incendies ont démarré dans des centaines d'endroits au même moment[1]. Presque toutes les maisons en

[1] Organisé et planifié depuis des semaines par le gouverneur de Moscou, Fédor Rospotchine. On fit courir la rumeur que l'incendie était l'œuvre de l'armée française pour attiser la colère du peuple russe. Le gouverneur ne reconnut en être l'instigateur que bien des années plus tard.

bois de cette ville se sont embrasées comme de la paille. On a perdu beaucoup de malades et de blessés, pris au piège des flammes. L'incendie s'est arrêté faute de combustible, vers le 20 septembre. L'Empereur ne voulait pas quitter Moscou. C'est son état-major qui lui a dit que si l'on restait, c'était la mort assurée. Il n'y avait plus de vivres, alors autant se replier sur Smolensk. Dans cette cité, prise en août dernier, on a laissé de forts contingents d'hommes, de vivres, et tout le matériel nécessaire pour y passer un hiver.

Nous avons traversé la rivière du Niémen le 25 juin au matin[2], il faisait beau. Nous étions en Lithuanie, une province de Russie. Le 30 juin, nous sommes arrivés à Vilnius, la capitale du pays, avec le corps principal de la Grande Armée[3]. Là aussi, l'intendance a laissé sous bonne garde de quoi nous ravitailler au retour, uniformes, vivres, armes, munitions, chevaux, et un corps important de soldats.

L'Empereur était arrivé la veille avec une partie de la Garde. Il avait tout organisé pour que l'armée se repose avant son retour en France. Le 16 août, nous étions devant

[2] La Grande armée pour cette campagne de Russie se compose d'environ 650 000 hommes dont 450 000 français, le reste est formé de Polonais, Prussiens, Italiens, Autrichiens, Allemands, et Hollandais. En face 700 000 Russes. Environ 450 000 hommes franchissent le Niémen, des corps d'armée sont restés en réserve en Prusse et en Pologne.
[3] Au centre Napoléon avec la garde impériale, trois corps d'armée et la cavalerie de Murat, soit 190 000 hommes.

Smolensk. Les Russes s'y étaient retranchés. La localité fut conquise rapidement, et nous répartîmes le 6 septembre. Quelques jours plus tard, nous étions devant le village de Borodino, à quelques dizaines de lieues de Moscou. La grande bataille devait se dérouler le lendemain. Nous reçûmes l'ordre de nous mettre en grande tenue, notre statut de voltigeurs de la garde impériale nous l'obligeait. Le lendemain, à cinq heures, nous étions prêts, en formation pour le combat. L'Empereur nous a passés en revue. Deux heures plus tard, la bataille a commencé à notre grande satisfaction. Depuis des mois, les régiments russes se dérobaient devant nous.

Je fus mis en réserve, avec mon régiment, durant toute la bataille. Les boulets tombaient autour de nous, non loin de l'Empereur. Cela s'est terminé avec la tombée du jour, nous étions vainqueurs, mais les morts se comptaient par dizaines de milliers[4]. Le 13 septembre, nous sommes arrivés devant Moscou. L'avant-garde y pénétra sans livrer de combat, les habitants et l'armée russe avaient fui. J'y suis entré le lendemain avec les régiments de la garde de l'Empereur[5].

---

[4] Ce fut l'une des batailles la plus sanglante de toutes les campagnes de Napoléon, 50 000 Russes et près de 30 000 Français sont morts ou blessés.

[5] L'armée française qui entra dans Moscou est forte de 100 000 hommes, le reste est laissé en surveillance tout autour de la ville.

– Moscou ! Moscou !

Le nom revenait sans cesse sur les lèvres des soldats, comme s'il s'agissait d'un mirage devenant réalité devant nos yeux.

Nous avons trouvé les choses habituelles que nous pensions piller, comme dans toutes les cités que nous traversions, même si les consignes de l'Empereur étaient connues, pas de pillage sous peine du peloton. Mais comment faire entendre raison à une armée qui vient de parcourir sans arrêter plus de douze cents lieues ?

Très vite, des incendies ont éclaté. On a d'abord cru que c'était des imprudents qui, en pillant des entrepôts, avaient mis le feu. Mais très vite le feu s'est propagé. En voyant des prisonniers de droit commun russes, reconnaissables à leurs guenilles, libres, armées de fusils, et brandissant des torches, nous avons compris. Ce sont eux qui alimentaient les nombreux foyers qui s'allumaient un peu partout. Le brasier a gagné et ravagé quelques heures plus tard toute la ville.

Plusieurs habitants d'origine française nous ont demandé de les protéger contre les incendiaires[6]. Mais ils étaient trop nombreux, et malgré nos tirs qui les tuaient à coup sûr, ils continuaient leur mission de destruction.

---

[6] Il ne restait dans la ville qu'environ 6 000 habitants d'origine étrangère sur les 275 000 qu'elle comptait.

Nous avons fait des prisonniers. Nos officiers les ont interrogés. Munis tous de matières inflammables, ils ont avoué avoir agi sur ordre du gouverneur de Moscou, en contrepartie de leur libération[7] et d'argent. Des centaines d'entre eux ont été arrêtées et fusillées.

Le soir de notre arrivée, de garde avec mon escouade, je vis le feu s'approcher dangereusement du Kremlin, où logeait l'Empereur. On le fit partir dans le château de Petroski, situé dans les faubourgs de la ville, pour le protéger. Je vis beaucoup de nos soldats périr dans les rues en feu, soit par les flammes, soit par les cendres chaudes qui embrasaient les cheveux, les yeux et les uniformes. Nous devions nous protéger avec des plaques de fer et de fonte. Comme dans tous les régiments depuis l'incendie, nos officiers nous demandaient de trouver de la nourriture. Les consignes de ne pas piller la ville n'avaient plus cours, le feu empêchait l'intendance de travailler normalement. Quelques jours plus tard, il a faibli, il n'y avait plus rien à brûler. Malgré cela, on prenait encore des incendiaires que l'on fusillait tout de suite sans procès, il suffisait de les voir avec des torches. Ce qui m'a surpris c'est que l'on voyait aussi des bourgeois de la

---

[7] Contrairement à la légende, les vivres étaient en abondance lors de l'arrivée de l'armée française dans la ville, mais l'indiscipline alliée à l'incendie fit des ravages et quelques jours plus tard, il ne restait plus grand-chose pour nourrir les régiments.

ville, membres de la milice moscovite, mettre le feu aux bâtiments.

On pensait que la paix serait prochainement signée entre Napoléon et le Tsar Alexandre Ier. Je savais par un officier que l'Empereur avait envoyé plusieurs missives en lui demandant de répondre à ses demandes. Il n'y avait pas encore eu de réponse, mais un armistice avait été convenu entre les deux hommes.

On pensait aussi s'installer pour quelque temps dans cette ville, et y passer l'hiver. Les ordres furent donnés pour tout organiser. Les hôpitaux furent aménagés pour les blessés. On essaya sur ordre des officiers de récupérer les vivres restants et de les entreposer dans des endroits gardés jour et nuit. On mit sur pied un semblant d'administration civile avec les habitants qui étaient restés, et qui ne nous étaient pas hostiles, des étrangers pour la plupart.

À partir des premiers jours d'octobre, l'Empereur donna l'ordre de fortifier le palais du Kremlin, des pièces d'artillerie furent placées dans les tours, et des travaux de défense furent entrepris par le génie. Nous passions aussi notre temps à garder les bâtiments, à boire ce que nous avions dérobé, et à passer les revues que l'Empereur continuait à instaurer pour les régiments, à intervalles réguliers.

Au milieu du mois, on apprit que l'armistice était rompu, les Russes avaient attaqué la cavalerie de Murat. On nous donna l'ordre de nous tenir prêts et mon régiment quitta la ville le 12 octobre, pour sécuriser les routes du retour de la Grande Armée. J'ai laissé Moscou derrière moi, sans grands regrets, il ne restait que des cendres.

Chapitre 2. Le 15 octobre 1812, Moscou, Russie

Témoignage de l'actrice Louise Fusil, née Fleury.

Je dois rejoindre les voitures des officiers d'ordonnance de l'Empereur, mais ils sont déjà partis. L'incident, qui a failli me coûter la vie quelques heures auparavant, me laisse seule dans les rues de Moscou. Finalement, je dois me contenter de la voiture d'un colonel polonais.

Si j'avais prévu les malheurs de ce voyage, je n'aurai jamais abandonné cette ville, quitte à affronter le retour des Moscovites. Je connais assez de monde pour me préserver de leur vengeance.

Je suis arrivé à Saint-Pétersbourg en 1809. Je suis actrice et toute ma famille l'était, mon grand-père, mon père, ma mère. J'ai joué à Paris, puis j'ai fait des tournées en Belgique, en Allemagne, puis en Russie. J'ai d'abord séjourné à Saint-Pétersbourg, où j'ai rencontré et côtoyé une partie de l'aristocratie française qui avait fui la révolution. C'est une cité merveilleuse. Je me souviens encore de mes promenades en été sur les bords de la Neva. J'étais depuis peu de temps en Russie lorsque la guerre avec la France[8] vint bouleverser mes projets.

Puisque j'étais artiste, je n'ai pas dû quitter le pays ou me faire naturaliser comme pour mes compatriotes. Certains de mes protecteurs étaient partis rejoindre l'armée du Tsar. Ne pouvant me faire embaucher dans les théâtres de la ville, j'ai vite compris que je devais partir pour Moscou, où grâce à des connaissances que j'avais faites, je pouvais me faire engager au théâtre impérial. Assez vite, je fis la connaissance de tous les gens importants de la colonie française de la ville. Entre les représentations de théâtre, les fêtes dans l'aristocratie et les voyages, les années passèrent de façon agréable et rapidement.

Au milieu de l'année 1812, revenant d'un voyage, j'ai trouvé Moscou en fièvre, et la communauté étrangère inquiète. Des convois de personnes avec leurs biens et leurs richesses la quittaient en fuyant, et ceux qui devaient rester, comme nous, artistes et étrangers, nous commencions à faire des provisions. L'armée française avançait rapidement. Je m'étais réfugiée avec d'autres Français, dans l'aile d'un palais, qu'un prince russe avait abandonné rapidement, tout en acceptant que nous y logions. Quelques jours avant l'arrivée des troupes de Napoléon, la police était venue

---

[8] Guerre de la 4e coalition entre la Russie, la Prusse, la Suède, et la Grande-Bretagne contre la France, en 1807.

frapper à nos portes, en disant qu'il fallait fuir, car on allait mettre le feu.

Nous nous enfermâmes dans les pièces du palais, sans sortir. On entendit des bruits, des cris, et on aperçut les premiers incendies qui se propageaient dans les rues. Peu de temps après, je vis les premiers soldats français.

Deux jours plus tard, toutes les routes qui bordaient notre habitation étaient embrasées. La nuit, il était superflu de s'éclairer, on y voyait comme en plein jour. Des explosions retentissaient au loin. J'appris par un officier qui dîna chez nous, un soir, que Napoléon avait été se réfugier dans le palais de Petroski. Il craignait que le Kremlin ne fût miné. Je pris la décision, le lendemain, d'y aller pour demander une sauvegarde. J'étais accompagnée par la femme du peintre, ami du maître de la demeure, et sa fille. Le voyage fut un enfer, nous dûmes emprunter plusieurs chemins, car il fallait faire demi-tour devant les flammes. Finalement, nous dûmes renoncer et demandâmes au cocher de rejoindre la demeure.

En arrivant, je vis qu'elle était en feu. Des officiers nous proposèrent de nous envoyer des soldats pour nous aider. Les personnes, qui étaient à l'intérieur dont le peintre avait péri dans les flammes. Deux jours plus tard, cette cité n'était plus qu'un amas de cendres. Je repris le chemin de mon ancienne demeure et j'eus la surprise de voir un officier d'ordonnance, qui préparait la venue d'un général, Chartran[9].

Plus tard, il m'invita à dîner avec des officiers supérieurs qui logeaient dans cette maison que j'avais habitée, mais dont je n'étais plus que la locataire. Ce fut lors de ce dîner que l'on me demanda de pouvoir donner, avec d'autres artistes français résidant à Moscou, quelques représentations devant l'Empereur.

Le palais dans lequel il logeait possédait son théâtre, et ce fut ainsi que je jouais et chantais devant lui et son état-major, à plusieurs reprises et jusqu'à la veille de son départ. Les officiers me convainquirent de partir aussi, car je pouvais avec les autres civils français, devenir des victimes de la soldatesque française ou russe. Je me décidais donc à partir et l'on me fit la proposition de faire le voyage, au moins jusqu'en Pologne, dans la berline de Monsieur de Tintigni, neveu du général Caulaincourt, l'un des officiers d'ordonnance de l'Empereur. C'est en essayant de le rejoindre à l'endroit indiqué, le lendemain, que je fus attaquée par des chiens[10] et je ne dus mon salut qu'à

---

[9] Il combattit à Waterloo, à la tête d'un régiment de Voltigeurs de la garde, fut arrêté à Paris, lors de son retour, envoyé à Lille puis condamné et fusillé par le pouvoir royal.

[10] Des hordes de chiens affamés et effrayés par l'incendie se sont attaquées aux habitants et aux soldats.

l'intervention d'un boutiquier russe qui avec son bâton les dispersa. Je revins dans ma demeure pour me changer, mais le retard pris me fit manquer le rendez-vous. Ils avaient quitté l'endroit.

Chapitre 3. Le 20 octobre 1812, Presnenski à 6 kms de Moscou, Russie.

Témoignage de l'Empereur Napoléon.

– Ségur[11], que dit ce coursier ?

– Sire, l'armée du Maréchal Gouvion a été défaite à Polotsk[12].

Funeste nouvelle, depuis cet incendie les revers se succèdent. J'ai pourtant laissé un fort contingent de troupes françaises et Bavaroises, près de 30 000 hommes pour empêcher l'armée russe de Wittgenstein[13] de couper la route de mes lignes de communication. Si la ville de Polotsk est prise par les Russes, c'est l'un de mes centres de ravitaillement les plus importants qui ne peut plus nous fournir les vivres et les combustibles nécessaires pour l'hiver. En août, ce général m'avait empêché de m'enfoncer sur le flanc nord, pour prendre la capitale Saint-Pétersbourg, où s'était réfugié le Tsar Alexandre. On avait fixé son armée sur les rives de la Daugava. Mais elle pouvait nous attaquer par

---

[11] C'est l'un des aides de camp de l'Empereur durant la campagne, Auteur du livre : « Histoire de Napoléon et de la grande Armée en 1812 ».

[12] En Biélorussie.

[13] Maréchal de l'armée russe, battu à Austerlitz et Friedland, il eut un peu plus de succès en Russie.

le nord, et ainsi rejoindre celle de Koutouzov qui se trouve derrière nous, et celle de Tchitchagov au sud de nos positions.

Polotsk, une défaite après celle de Winkowo, en deux jours, cela devient inquiétant. Koutouzov aussi, a bien manœuvré, faire passer toute son armée sur l'autre rive de la Nara, au sud de Moscou, sans que Murat le voie, le déborder sur sa gauche, et faire attaquer ses positions par les troupes de cosaques de Platov. Ils ont ainsi bousculé tout le corps d'armée. Les pertes sont importantes. Heureusement Murat a réussi à sauver le gros de ses troupes, malgré une force ennemie plus importante. Dès que j'ai appris cette nouvelle, j'ai précipité les préparatifs de la retraite sur la route de Kalouga et de Smolensk, Koutouzov pourrait nous encercler sans même attendre les deux autres armées.

Maudits cosaques, ils vont nous causer des problèmes, mon instinct de la guerre et des hommes me le dit. En contrepartie d'une indépendance et d'une liberté forte, ils sont les gendarmes du Tsar. Cavaliers redoutables, certaines de leurs divisions nomment leurs officiers, sont instruites et savent se battre. Ils vont nous harceler et gêner notre approvisionnement. Mais c'est surtout leurs incursions, à travers nos régiments, qui donnent de précieux renseignements sur nos positions, nos forces et nos faiblesses à l'état-major russe. Dès mon retour, je ferai créer des régiments de cavalerie légère. Des éclaireurs[14] qui seront rattachés à la Garde impériale. Mes dragons et mes cuirassiers ne parviennent jamais à rejoindre ces cosaques, qui dès le coup de main effectué, s'enfuient. Leur équipement très léger leur permet de ne pas être rattrapés.

– Quels sont les ordres, Sire ?

– On poursuit sur la route de Kalouga, la région est prospère, on pourra faire le plein de ravitaillement. Demandez au prince Eugène de Beauharnais[15] de partir avec une avant-garde pour dégager la voie des forces russes.

– Sire, cette longue cohorte de voitures et de personnes qui suivent les régiments de combat, nous encombrent et nous retardent.

Je me mis sur une petite colline et je regarde avec ma lunette ce que me décrit mon aide de camp. Derrière les 100 000 combattants avec sacs, armes et les 500 canons, se profile une masse informe de plusieurs dizaines de milliers de civils, avec des calèches, des voitures, des chariots remplis d'effets, de vêtements, de trophées, de drapeaux, de vaisselles, de tableaux, de meubles, et d'argenterie. Dans

[14] Ce fut fait par décret en décembre 1813.
[15] Beau-fils et fils adoptif de Napoléon, élevé au rang de prince impérial.

cette colonne, des hommes sans uniformes, des valets, des paysans que l'on a certainement forcés à transporter le butin, des femmes avec des enfants, pour beaucoup françaises, anciennes habitantes de la bourgeoisie moscovite, devenue prostituées de la Grande Armée, et qui sont parties par peur des représailles des soldats russes. Foule d'esclaves, encombrée de butin qu'il m'est facile de semer par des marches forcées. Mais puis-je en donner l'ordre, alors que les vivres manquent et que ces chariots et voitures doivent en contenir ? Et puis les blessés et les malades de l'armée sont dans le convoi.

— Ségur, on bifurque, on abandonne l'ancienne route de Kalouga où Koutousov doit nous attendre pour nous combattre. On prend la nouvelle route, les troupes de Nez et de Murat vont nous masquer, ainsi on sera derrière lui dans quelques jours, on le prendra à revers.

— Sire, le temps menace, si l'on s'engage avec l'artillerie dans ces champs, on va s'embourber !

— Ségur, faites ce que je commande !

Chapitre 4. Le 24 octobre 1812, Boroswsk à 107 kms de Moscou, Russie.

Témoignage du général Jean Rapp.

Nous sommes maintenant à Boroswsk. Le bruit du canon se fait entendre. Nous avons appris la veille au soir que le village de Maloyaroslavets, au sud, est vide de troupes ennemies, ce qui nous permet de passer la rivière Louja par le pont principal. En tant qu'aide de camp de l'Empereur, je dois me renseigner sur ce qui se passe et l'informer du mieux que je peux.

Je suis l'un des seuls officiers de son état-major, à lui avoir déconseillé de se lancer dans cette campagne. Il m'a reproché de ne plus vouloir me battre, et c'est vrai. Il fallait que cela cesse, mais cela ne m'empêche pas de faire mon devoir et de le servir au mieux.

On a mis trop de temps pour rejoindre l'endroit, quatre jours auraient dû suffire, mais encombré comme nous le sommes par cette colonne de déserteurs, de mendiants, de marchands, de civils, de blessés et de malades, on a mis six jours. Cela a permis à une partie de l'armée du général Koutousov de se positionner cette nuit même dans le bourg, et de nous couper la route de la retraite.

– Sire, l'avant-garde du prince de Beauharnais est en contact avec une armée russe à Maloyaroslavets, commandée par Doctourov.

– Il faut savoir ce qui se passe !

Nous l'avons appris, plus tard dans la journée, grâce à un messager du Prince.

– Quand nous sommes arrivés la veille, il n'y avait aucun ennemi, nous avons pris nos bivouacs pour la nuit, en mettant des sentinelles partout, sur les hauteurs et tout autour du pont. Vers quatre heures du matin, les Russes de Doctourov sont sortis du bois en hurlant, ont bousculé nos sentinelles, et avec le bruit de leurs canons, nous avons compris tout de suite que ce n'était pas une escarmouche. Ils ont repris la cité, le pont et ont bousculé nos lignes avec leur artillerie située sur une hauteur. Deux colonnes russes ont pris position pour nous encercler, environ 20 000 hommes. Le Prince a alors commandé les assauts pour reprendre le pont. Sept fois, nous en étions maîtres, puis repoussés par l'ennemi. Nous avons donné toutes nos réserves et finalement, nous sommes vainqueurs. Le général Delzons[16] a repris la ville au prix de sa vie. Une balle l'a frappé en plein front, son frère Benoit s'est couché sur lui pour le protéger. Il a reçu aussi une balle,

---

[16] Son nom est inscrit sur l'Arc de Triomphe, côté est.

ils sont morts ensemble. Les combats au corps à corps ont duré toute la journée dans les rues qui sont encore en flammes. Les Russes ont été renforcés par de nouvelles troupes. Le Prince Eugène a mis ses dernières réserves en marche, de jeunes recrues italiennes, et lui-même avec sa Garde. C'est celle-ci qui a redonné du courage à toutes les autres unités. Nous sommes maintenant victorieux, le pont et le centre sont entre nos mains, la route est libre, Sire !

— Combien de pertes ?

— Environ la moitié de nos effectifs !

— Et le Prince ?

— Il se porte bien, Sire !

— Sais-tu où sont les Russes en ce moment ?

— Oui, ils se sont retranchés à mi-chemin, dans les bois, à l'Ouest !

– Donnez à ce soldat de quoi boire et se restaurer.

Le lendemain, vers quatre du matin, un officier d'ordonnance sous mes ordres me prévient que l'on a aperçu des cosaques entre nous et nos avant-gardes, situés à une demi-lieue. L'Empereur, malgré mes remarques, néglige le renseignement. Dès l'aube, nous sommes à cheval et nous partons en reconnaissance. Les escadrons de son escorte n'ont pas été prévenus de suite, et se hâtent derrière nous, pour nous rejoindre sur cette plaine.

Nous ne sommes que quelques officiers à le suivre. La route que nous suivons est déjà encombrée de caissons d'artillerie, d'ambulance et de voitures de toutes sortes. Nous avons entendu des clameurs et aperçu des colonnes de formes noires qui se meuvent dans les premières lueurs du jour. Des bruits se font entendre et les cris poussés par ces cavaliers qui se rapprochent très vite de notre position, nous font comprendre qu'il s'agit des cosaques. Leur nombre important nous permet de comprendre que c'est l'avant-garde des 6 000 hommes de Platov[17]. Il a eu l'audace de retraverser la rivière, de contourner nos lignes et de vouloir couper nos colonnes. Le hasard a voulu que Napoléon se trouve sur son chemin. Je

[17] C'est l'ataman des cosaques du Don, ce qui signifie qu'il est leur chef politique et militaire. Il se distingua durant la campagne.

hurle à l'Empereur que ce sont des cosaques et qu'il faut repartir tout de suite.

– Rapp, prenez les quelques chasseurs de piquets[18] qui nous suivent, allez les retarder, je reste ici avec Ségur, Caulaincourt et Berthier. Tirez vos sabres, Messieurs !

Je me suis enfoncé dans leurs lignes avec quelques cavaliers, sabrant tout ce que je voyais. L'un d'entre eux a enfoncé sa lance dans le poitrail de mon cheval, me renversant. On m'a dégagé. Les dragons de la Garde nous ont enfin rejoints et dispersé les cavaliers. On a dit que j'ai sauvé l'Empereur ce jour-là. Il est vrai que les cosaques n'ont pas pu s'approcher de sa personne, le temps nécessaire pour que le reste de l'escorte nous rejoigne. Nous avons appris bien plus tard, que leur chef Platov avait décrit la personne de l'Empereur et avait promis beaucoup d'argent à ses hommes qui le feraient prisonnier.

Nous avons compris ce jour-là que leur légèreté à cheval leur permettait des coups de main audacieux et que la lourdeur de nos régiments de cavalerie nous empêchait de les rattraper. Ils le savaient, et en profitaient pour des attaques rapides, puis ils se repliaient tout aussi soudainement, loin de

---

[18] Il s'agit des chasseurs à cheval de la Garde impériale. Un détachement assurait la garde rapprochée de l'Empereur, en plus des escadrons d'escorte de la cavalerie.

la portée de nos fusils. Je pense que ce jour-là, l'Empereur a compris que cette campagne de Russie ne se terminerait pas comme il le pensait.

Chapitre 5. Le 31 octobre 1812, Viazma à 234 kms de Moscou, Russie.

Témoignage du général Jean Rapp.

L'hiver commence à se faire sentir. Depuis l'attaque des cosaques, où j'ai réussi à le protéger, je vois l'Empereur devenir de plus en plus sombre. Mon cheval a été tué sous moi, mais je m'en suis sorti sans blessure, cette fois-ci, juste quelques contusions qui, après coup, a fait rire sa Majesté. Nous faisons de petites étapes. L'Empereur va à pied ou à cheval au milieu de sa garde, en suivant sa berline.

Nous voyons les chevaux mourir de faim, les carcasses sont mangées par la troupe qui, elle aussi, est en proie à cette faim qui nous dévore et nous rend agressifs. Toutes les richesses que nos soldats ont dérobées à Moscou sont petit à petit abandonnées sur la route. Ils ont compris qu'il ne faut garder que l'essentiel. Seuls les pillards et les vagabonds de la colonne de traînards se cramponnent à leurs rapines, ce qui attire les cosaques qui les dépouillent après les avoir sabrés. Le froid devient plus intense, les hommes meurent beaucoup de maladies. On parle de typhus. C'est un médecin de l'armée qui m'en a parlé, Joseph De Kerkhoven[19], je m'informais de l'un de mes hommes blessés.

— Oh, ne vous inquiétez pas, général, il va bien. Il a plus de chance de survivre à un combat que tous les autres malades qui n'ont pas combattu, mais meurent par milliers.

— Que voulez-vous dire ?

— Connaissez-vous la fièvre des prisons ?

— Oui, on me l'a décrite, des taches rouges apparaissent sur le corps, puis la gangrène s'installe, le malade délire et meurt rapidement. Je sais aussi qu'elle sévit dans les camps militaires. C'est donc cela qui décime notre armée ?

— Oui ! On l'appelle typhus, d'un mot grec qui signifie torpeur. Elle semble être présente dès que les conditions d'hygiène sont déplorables. Les poux sont certainement le facteur de propagation de cette maladie[20]. Depuis la traversée de la Pologne de l'Est, nos soldats tombent malades.

---

[19] Médecin militaire, né aux Pays-Bas en 1789.
[20] Ce n'est qu'en 1909, que l'on découvrira que la maladie est

– C'est vrai que les habitants et les maisons depuis la Pologne, sont d'une saleté incroyable, envahis de puces et de poux !

– Les puits sont souillés. L'intendance ne suivant pas, les hommes se sont approvisionnés chez l'habitant. Nous avons installé des hôpitaux de campagne sur la route, mais cela ne suffit pas. Les fièvres sont apparues, ensuite les plaques rouges, et maintenant la contagion qui s'installe. Nous avons renvoyé des dizaines de milliers de malades vers l'arrière[21]. C'est le « typhus des armées ». Maintenant, il est impossible de les renvoyer dans leurs foyers, ils meurent ici, dans un pays étranger. Quant aux blessés les plus graves, je dois les laisser sur place, en espérant la mansuétude et la charité des Russes, ce dont je doute.

– Je vais en parler à l'Empereur, ordre sera donné de prendre en voiture des blessés, quel que soit le rang de l'officier.

L'ordre a été donné le lendemain. Il chargea une brigade qui comptait des chasseurs à pied, et de l'infanterie légère de le faire exécuter. Si un officier rechignait, on devait le sortir

---

transmise par une bactérie contenue dans les déjections des poux.

[21] Plus de 30% des morts de la campagne de Russie a été causé par la maladie. On peut maintenant dire que ce n'est pas seulement le froid qui a vaincu la Grande Armée, mais aussi les poux.

de la voiture et y mettre plus de blessés. Chaque voiture, cantine, fourgon ou traîneau devait en prendre. Il a donné l'exemple en faisant charger des blessés dans sa berline.

Nous sommes partis le lendemain en marche forcée avec la garde de l'Empereur sur la route de Smolensk. Les ordres ont été donnés de tout brûler, non seulement les pièces et munitions que nous ne pouvons emporter, mais aussi les villages que nous traversons. L'Empereur trouve que l'allure est trop lente. Le froid dans la journée est encore supportable, mais la nuit, il devient intense.

Nos régiments de la Garde ont encore du maintien, des vivres, des munitions et l'ordre règne. Mais plus on avance vers l'arrière, plus l'indiscipline se remarque, avec ces cohortes de déserteurs, de vagabonds et de civils. Ils retardent l'arrière-garde, et rendent nos déplacements longs et risqués. Notre armée s'étire sur une distance importante. Cela nous fragilise et permet aux Russes des attaques rapides et meurtrières sur nos colonnes.

Nous arrivons sur la ville de Dorogobouj, des coursiers viennent nous prévenir d'une attaque du général russe Miloradovitch sur la colonne près de la ville de Viazma, que nous avons dépassé depuis plusieurs jours[22]. Sa cavalerie a

---

[22] 83 kilomètres entre les deux villes, l'armée s'étire sur cette distance.

coupé les troupes de Poniatowski, Beauharnais et l'arrière-garde de Davout. Nous apprenons dans la journée les détails. Le général ennemi a fait donner son artillerie placée sur une hauteur. L'attaque a été un succès. Un train de bagages et de vivres a été saisi. Les pertes sont élevées. Davout et son corps ont été un moment isolés du reste de l'armée. Une contre-attaque a réussi à reprendre le terrain perdu, mais l'impact est important. Tous les régiments sont désorganisés et de plus en plus sous le feu de l'ennemi. Cela provoque en réaction une désorganisation des unités du centre de l'armée. Les attaques des cosaques augmentent l'état de trouble et de désarroi de la Grande Armée, qui n'en porte maintenant plus que le nom.

L'Empereur s'est emporté contre Davout, il l'a relevé de ses fonctions et a demandé à Ney de le remplacer à la tête de l'arrière-garde. Nos éclaireurs nous ont appris que les Russes qui nous poursuivent se sont scindés en trois groupes. Les cosaques de Platov, appuyés par une division de 10 000 hommes, harcèlent Davout. Au sud de notre route se trouve Miloradovitch avec 20 000 hommes, combattant nos troupes, et le gros de l'armée ennemie, 70 000 soldats, nous suit sur une route parallèle, pensant nous dépasser et nous couper la retraite.

Les attaques n'ont pour but que de nous retarder pour y parvenir. À cela, nous ne pouvons que présenter 50 000 combattants en état de se battre. Nous ne pouvons plus compter sur le reste. Nous sommes sortis avec plus de 100 000 soldats de la ville de Moscou le 18 octobre, en moins de deux semaines, nous avions perdu la moitié de nos forces.

Chapitre 6. Le 6 novembre 1812, Smolensk, à 395 kms à l'ouest de Moscou, Russie.

Témoignage de l'actrice Louise Fusil, née Fleury.

C'est à Smolensk que les ennuis ont vraiment commencé. L'officier polonais dans la voiture duquel, je me trouvais, est l'homme le plus maladroit et le plus idiot que j'ai pu connaître. Il fait tout le contraire de ce qu'il faut faire et je pense que je vais vite devoir l'abandonner si je veux sortir vivante de ce voyage.

De longues files de fourgons et de calèches sont bloquées depuis des heures sur le pont qui traverse la Dniepr. Seuls les équipages des officiers supérieurs sont admis à passer en priorité. Je ne sais pas pourquoi, mais un gendarme qui contrôlait les personnes, me prend pour la femme du général Lauriston et nous fait passer rapidement. Arrivé dans le bourg, je retrouve mon officier d'ordonnance Monsieur de Tintigni, qui me propose de rejoindre sa berline, dans lequel il fait monter l'un de ses camarades blessés, lui voyage à cheval pour accompagner l'Empereur.

Après être repartis le 10 novembre, nous continuons lentement, les chevaux sont mal nourris, et tiennent à peine debout. Je n'aime pas le compagnon que l'on a fait monter dans la voiture pour me « protéger ». Grossier, ne pensant qu'à lui, et maudissant sa blessure qui l'empêche de monter à cheval pour fuir plus rapidement. Finalement, ayant retrouvé son supérieur, il monte tant bien que mal en selle, et m'abandonne.

Sur cette route, nous sommes de plus en plus entourés de cosaques qui harcèlent sans cesse les troupes. Je suis accompagnée par un cocher et un domestique. Nous prenons tellement de retard que nous faisons partie de l'arrière-garde, puis de la colonne des « traînards » qui la suit. Elle est constituée de civils et aussi de soldats de toutes nationalités et de toute arme, mais ayant un point commun, ils ont soit déserté leurs unités, soit elles ont été détruites par l'ennemi. Ils sont donc sans officiers, sans ordre, et sans lois. Ils ne veulent plus se battre, et ont jeté pour la plupart leur fusil. Ils volent, pillent, instaurant le désordre et le chaos partout. N'hésitant pas à rançonner les paysans, puis à brûler leurs demeures, ils les tuent après les avoir dépouillés du peu qu'ils avaient.

Mi-novembre, j'ai abandonné la voiture. C'est plus prudent, le chemin est accidenté, et les chevaux n'en peuvent plus et menacent de s'écrouler à tout moment. Je reprends la route sur le cheval d'un officier. Non loin du village de Krasnoï, j'essaye de trouver le quartier général, pour retrouver mon ami, Monsieur de Tintigni. Marchant dans la neige, ne sentant plus le froid, j'ai dû m'évanouir, et je me suis réveillée dans une maison de paysans, chauffée agréablement et entourée des officiers de l'état-major, le baron et médecin Desgenettes, le général Burmann et le maréchal Lefebvre. Je suis repartie quelques heures plus tard dans sa voiture. J'ai échappé par miracle à la mort.

Chapitre 7. Le 15 novembre 1812, Krasnoï à 445 kms de Moscou, Russie.

Témoignage de l'Empereur Napoléon.

Cette campagne et cette retraite tournent au désastre. Le même jour où Davout et mon arrière-garde se font battre à Viazma, Wittgenstein bat les troupes du maréchal Victor, en Biélorussie à Czasniki. Quelques jours plus tôt, ce sont mes divisions de réserve sur Polotsk, à l'est de la frontière polonaise, commandées par Gouvion Saint-Cyr qui ont été défaites. J'espérai avec ces régiments, empêcher Wittgenstein de marcher au sud pour nous encercler, et de couper nos communications et notre ravitaillement.

C'est toutes mes réserves de troupes laissées sur la route de notre retour, qui sont anéanties, en dehors des régiments laissés sur Vilnius. Plus grave encore, les bataillons victorieux de Wittgenstein se rapprochent dangereusement des armées de Thitchagov et de Koutouzov, je risque l'encerclement. Ayant appris ces défaites, j'ai ordonné à Victor de reprendre l'offensive pour repousser les Russes. Je l'ai renforcé avec les deux bataillons du maréchal Oudinot, pour une attaque au centre et sur le flanc de Wittgenstein.

Nous sommes le 14 novembre, le reste des troupes de Victor et celles du maréchal Oudinot ont de nouveau été battues toujours par le même Wittgenstein, c'est toute la voie de la retraite vers la Daugava qui est coupée. Oudinot m'a envoyé des estafettes pour me dire qu'il se replie face aux Russes, Il prend comme prétexte que ses troupes ont faim, ont froid et sont fatigués. Je sais que c'est la vérité, mais je sais aussi que mon état-major devient pessimiste, et mes maréchaux défaitistes. Tous les revers des jours précédents, mes erreurs de planification, parfois mon indécision, ont semé le doute chez les officiers supérieurs. Ils doutent d'eux, de moi, de leurs troupes, de cette campagne qui tourne au tragique. Même le Duc de Vicence[23] ne m'écoute plus.

Je suis persuadé qu'au contraire, les Russes font preuve de confiance et de fierté de nous avoir battus à plusieurs reprises. Ils savent maintenant qu'ils en sont capables, notre réputation d'infaillibilité est détruite.

Pire que tout cela, je viens d'apprendre par une dépêche du Comte Daru, l'intendant général, celui qui me conseillait de ne pas m'aventurer dans ces steppes de Russie, que le 23 octobre dernier un coup d'État a eu lieu à Paris. Une

---

[23] Maréchal de Caulaincourt, confident de Napoléon.

estafette, la première depuis plus de dix jours, a pu passer avec le courrier.

Un obscur général[24], sorti de prison avec quelques complicités, a fait libérer deux généraux félons Lahorie et Guidal. Puis avec leurs aides, il a fait arrêter le préfet de police, le ministre de l'Intérieur et le commandant de Paris. Et cela a été possible sur l'annonce faite de notre destruction en Russie et de ma mort. De faux ordres ont facilité l'entreprise de ce fou. Heureusement, le général Doucet à qui on avait remis une lettre annonçant ma mort savait que j'avais écrit le jour même à Clarke, le ministre de la guerre. Tout est ensuite rentré dans l'ordre, le chef et ses complices ont été exécutés quelques jours plus tard.

– Sire, des troupes russes ont engagé le combat sur notre flanc sud. Ce sont des escarmouches sur plusieurs positions.

– Koutousov tente des manœuvres pour nous harceler et nous retarder. Il attend les forces de Wittgenstein. Je prends le commandement de la garde impériale[25], nous allons entrer dans la ville de Krasnoï.

---

[24] Général Mallet, hostile depuis le consulat à Napoléon, initiateur d'une première tentative de coup d'État en 1808. Emprisonné, il s'enfuit et tente ce second coup d'État.

[25] « On a aperçu la vieille garde, entourant Napoléon, comme un bloc de granit, ils semblaient invulnérables. Avec leurs grands chapeaux en peau d'ours, leurs uniformes bleus, leurs ceintures blanches, leurs panaches rouges, leurs épaulettes. La garde impériale, avec Napoléon

Plus tard, dans la nuit, j'ai aperçu des feux de camp de l'ennemi. J'avais chassé deux heures auparavant les cosaques d'Ozarowsky de la ville, ils se sont regroupés un peu plus loin.

– Rapp, faites envoyer la jeune garde sous les ordres du général Roguet, balayée les cosaques dont on aperçoit les bivouacs. Ils vont payer le mal qu'ils nous ont fait.

Petite victoire au matin du 16 sur les cosaques et nombreuses défaites de mes officiers sur les engagements. Eugène a perdu 2 000 hommes contre Miloradovitch. Une moitié du corps d'armée de Davout est hors de combat. Le péril de perdre toute l'armée est immense. J'ai depuis longtemps joué à l'Empereur, il est temps maintenant que je joue au général[26]. Je peux reprendre l'initiative et faire reculer Koutousov, il se dérobe aux batailles, faisons en sorte qu'il pense que je vais l'affronter, il reculera. Cela permettra à l'arrière-garde de Ney de nous rejoindre, ensuite, on reprendra notre route vers la Pologne.

---

parmi eux, traversa les rangs de nos Cosaques comme un navire de 100 canons aurait traversé une flottille de bateaux de pêche ». *Description du prince russe Davidov.*

[26] La phrase est prononcée devant la Garde qu'il conduit de nouveau au combat.

– Caulaincourt, je prends le commandement de la Garde, qu'elle se mette en position d'attaque, nous sortons de la ville, nous allons feindre une offensive contre l'armée de Miloradovitch. Cela va les dissuader de combattre Davout. Faites dire au prince Eugène de poursuivre sa route à l'ouest de la ville, il faut sécuriser la voie de la retraite vers Orcha.

Chapitre 8. Le 17 novembre 1812, Krasnoï **à 445 kms de Moscou, Russie.**

Témoignage du général Armand Caulaincourt.

Ainsi ce diable d'homme n'est jamais aussi déterminé que dans l'adversité. Il semble revivre après des semaines d'abattement. Dans l'après-midi, les 16 000 soldats de la Garde sont sortis. Ils semblent invulnérables. Ils avancent avec le peu de cavalerie qui nous reste. Lui est à la tête de ses grenadiers. Les Russes nous ont canonnés sans cesse, faisant des ravages dans nos rangs, mais la garde continue à avancer, et finalement devant leur détermination, Koutousov recule, se mettant hors de portée de nos fusils. Je suis depuis plusieurs années le Grand Écuyer de Napoléon. À ce titre, je m'occupe de son emploi du temps, de sa sécurité personnelle lors des campagnes, de l'envoi des estafettes et des dépêches. J'ai, avec le général Rapp, essayé de le dissuader de faire cette guerre. Je suis maintenant plus un diplomate qu'un guerrier. Et cette « aventure » tourne mal, tel que je l'avais prévue.

Le lendemain de la sortie de Krasnoï, des escarmouches continuent de se dérouler tout autour. Les Russes ne veulent plus engager de combats importants, ils utilisent leur artillerie, qui provoque des saignées immenses dans les rangs de la jeune Garde.

Les troupes de Davout sont pour l'essentiel sauvées, mais au prix d'un lourd tribut de tués et de blessés. Elles sont rentrées dans la ville. Les voltigeurs de la Garde ont repoussé les attaques tout autour du village proche d'Ouvarovo. Partout les pertes sont importantes, les régiments ont été décimés par l'artillerie et nous ne pouvions pas répondre, la plupart de nos canons ont été abandonnés. Après le froid et la neige, après les maladies, c'est le manque d'artillerie qui nous décime. Sur les 2 000 hommes que comptait le premier régiment d'infanterie légère de la garde, seul soixante ont survécu.

Nous avons sauvé le premier corps de Davout, mais l'arrière-garde est à son point de rupture. Napoléon le sait. Ney doit se trouver encore à Smolensk à combattre. Nous ne pouvons plus l'attendre. C'est alors qu'il a pris la bonne décision pour sauver ce qui reste de l'armée. Il a fait appeler Mortier, en lui disant qu'il allait passer avec la Garde sur la route à l'ouest de la ville, et lui demande de tenir jusqu'à la nuit pour empêcher le gros des troupes ennemies de passer. Ensuite, Mortier doit nous rejoindre. Nous pensons avec désespoir, devoir abandonner Ney à son sort. Le temps que Koutousov puisse comprendre ce qui se passe, il perd ainsi la possibilité de nous encercler et de nous détruire. Nous avons ensuite pris la route d'Orcha.

De notre armée, forte de plus de 120 000 soldats des troupes de Moscou, renforcées par les régiments situés tout autour de la ville, il ne reste maintenant que quelques dizaines de milliers de combattants. Les autres sont morts ou déserteurs.

Le lendemain, avec les maréchaux qui restent près de l'Empereur dont je fais partie, nous l'avons accompagné dans sa marche vers la frontière de la Biélorussie. Il marche, aidé d'un bâton, entouré de sa garde personnelle. Il marche lentement, s'arrêtant souvent, non par fatigue, mais parce qu'il sait qu'il va bientôt quitter cette terre de Russie. Il marche. Il pensait vaincre le Tsar et ses régiments, c'est le pays, l'hiver et les maladies qui l'ont vaincu.

Le soir, nous sommes à Dombrowna, la première ville d'un pays moins hostile. Pour accompagner notre soulagement d'avoir quitté ces terres maudites, le temps s'adoucit, un dégel s'amorce, des vivres sont distribués.

L'Empereur veut rejoindre Minsk, rapidement. Un coursier vient de nous apprendre que la ville qui doit nous apporter les renforts et les vivres nécessaires est tombée aux mains des Russes. Le général Tchitchagov l'a envahie le 16. Le général Autrichien Schwarzenberg a reçu de l'Empereur le commandement de 30 000 hommes pour protéger la droite de la Grande Armée. Il a certainement fui devant les Russes. Comment expliquer sinon, cette prise de Minsk par les Russes ? Le sort s'acharne.

Il nous dit froidement :

– Et bien, il ne nous reste plus qu'à nous faire justice avec nos baïonnettes ! Et pour rejoindre cet ennemi, et échapper à Koutousov et Wittgenstein, nous devons traverser la Bérézina à Borisov.

Chapitre 9. Le 19 novembre 1812, Doubrowna, à 490 kms de Moscou, Biélorussie.

Témoignage du Général Jean Rapp.

Des bruits de tumulte et de fusillade nous parviennent.

– Rapp, allez voir ce qui se passe, ce sont encore quelques misérables cosaques qui en veulent à notre sommeil.

Le tumulte grandit, les cris « Aux armes » retentissent. On ne sait pas si nos ennemis nous ont rejoints ou si nous nous battons contre nous-mêmes dans la confusion et la terreur. Il me demande de l'accompagner pour s'adresser à sa Garde.

– Grenadiers, nous nous retirons sans avoir été vaincus par l'ennemi, ne le soyons pas par nous-même ! Donnons l'exemple à l'armée ! Plusieurs parmi vous ont déjà abandonné leurs aigles[27], et même leurs armes ! Ce n'est point aux lois militaires que je m'adresse pour arrêter

---

[27] Symbole traditionnel du blason, l'aigle fut adopté par le décret du 10 juillet 1804. Associé aux victoires militaires, l'oiseau de Jupiter avait été l'emblème de la Rome impériale. Il fut aussi celui du Premier Empire. A l'image des enseignes des armées romaines, Napoléon fit placer une aigle de bronze doré au sommet de la hampe des drapeaux de chaque régiment.

ce désordre, mais à vous seuls ! Faites-vous justice entre vous ! C'est à votre justice que je confie votre discipline !

À Orcha, quelques lieues plus loin, sur les ponts de la rivière de la Dnieper, un semblant de discipline se fait jour, grâce à un corps de gendarmes qui règle la circulation des troupes. Mais comment réguler ces hordes de déserteurs et de voleurs dont le désastre de la retraite a accru les instincts les plus vils. Le prince Eugène fait régner aussi l'ordre avec quelques centaines de ses soldats les plus fidèles qui n'hésitent pas à tirer sur ces fuyards pour ouvrir la route.

L'Empereur entre dans la ville avec 6 000 soldats, les restes de ses 35 000 gardes, Eugène avec 1 800 le reste de 42 000 de ses soldats, Davout avec 4 000, le reste des 70 000 hommes de ses divisions. Face au découragement qui gagne tous les officiers de son état-major, il nous réunit, devant les grognards de la Garde impériale qui lui reste. Et face à ces officiers et ces soldats, il fait brûler tous ses effets personnels, proclamant que rien ne peut servir de trophées à l'ennemi, s'il succombe.

Le lendemain, il nous rassemble de nouveau et nous tient le discours suivant :

– Les grands succès sont souvent suivis de grand revers, mais il n'est pas question de nous plaindre ou de baisser les bras ! Nous allons abandonner le projet de rejoindre Minsk. Nous allons passer sur le ventre de Wittgenstein et regagner Vilnius en passant la Bérézina à ses sources.

C'est à ce moment que Jomini[28], le général suisse prend la parole. Il combat ce projet, arguant que les chemins de traverse tout au nord vont perdre le reste de l'armée. Il prétend que, seule la grande route nous permettrait de garder une certaine cohésion. Il dit connaître la route et le pont près de la ville de Borisov, situé sur la rive gauche, pour passer la Bérézina. On peut passer ainsi entre les armées ennemies. Napoléon, ébranlé par ces déclarations, fait venir le général Eblée, et lui demande de partir avec huit compagnies de sapeurs et de pontonniers pour assurer le franchissement de la rivière. Jomini lui servira de guide.

---

[28] Stratège et historien militaire, il fait partie de l'État-Major.

Ce que nous ignorons à cet instant, c'est que les troupes du général Tchitchagov vont s'emparer du pont de Borisov, le 21 novembre. Deux jours plus tard, le maréchal Oudinot attaque et bat les Russes, obligés de repasser sur la rive droite de la rivière après avoir détruit le pont. Le 23, en s'approchant de Borisov, on entend des cris, c'est l'armée de Victor et d'Oudinot que nous avons laissés quelques mois plus tôt pour protéger nos arrières des troupes de Wittgenstein. Cette armée ignore notre état. Elle nous regarde passer avec stupeur. Que reste-t-il de cette colonne qui, il y a quelques mois, marchait fièrement vers Moscou ? Comment reconnaître parmi ces morts-vivants qui marchent, les soldats que l'on avait vus conquérants ? Que font donc ces généraux et colonels sans troupe marchant avec les simples soldats dans le désordre, sans une once de rigueur militaire ?

On approche de la rivière, Oudinot avec ses 5 000 hommes en avant, Victor avec ses 15 000 hommes en arrière et au milieu L'Empereur avec ses 7 000 hommes qui lui restent, et une masse informe de près de 50 000 vagabonds de tout sexe et de tout âge.

Chapitre 10. Le 22 novembre 1812, Bobr à 602 kms de Moscou, Biélorussie.

Témoignage du secrétaire archiviste Jean-François Fain.

L'Empereur attend des nouvelles de ce qui se passe du côté de Borisov. Je suis entré en 1806 à son cabinet. Je suis devenu son secrétaire particulier et son archiviste tel qu'il me le rappelle souvent en me demandant de classer les documents, les lettres et les rapports qu'il reçoit. Je l'accompagne dans toutes les campagnes, dans tous les pays, comme ici, dans ces contrées sauvages.

Le maréchal Oudinot a mis en déroute les troupes de l'amiral russe Tchitchagov. Il a repris la ville de Borisov. Il s'apprêtait à reprendre le pont, mais pour se protéger, les Russes n'ont eu d'autre moyen que de le brûler. Nous ne pouvons plus traverser à cet endroit, et les rapports indiquent qu'il est impossible de le reconstruire.

Pourtant le hasard et la chance vont nous servir.

La brigade du général Corbineau venait de rejoindre nos troupes en passant la rivière. Un moment coupé de l'armée d'Oudinot, sur la rive droite, il a voulu la rejoindre, et pour cela, traverser la Bérézina. Il s'était attaché un guide de la région.

Il avait voulu rejoindre Borisov, mais il avait appris le matin même, sa prise par les Russes. Il commençait à être entouré par les détachements ennemis. Il s'enfonça alors dans des bois et des marais entre les villes de Zemblin[29] et Borisov. Attendant la nuit, et guidé par le paysan, il arriva à un passage devant le village de Studlenka. La rivière charriait d'énormes blocs de glace. Sa brigade s'est resserrée sur huit cavaliers de front et elle a passé la Bérézina, non sans perte. Le général a perdu plusieurs dizaines d'hommes entraînés par le courant. Passé le village de Studlenka, il s'est retrouvé au milieu des troupes françaises. Il a fait son rapport que l'Empereur a étudié avec beaucoup d'attention. Il a demandé à voir Corbineau.

– Bravo général ! Maintenant, tâchez de vous rendre maître de ce gué. Il faut construire des ponts, des redoutes, des abatis. Après y avoir traversé, on pourra revenir sur Borisov, chasser l'ennemi et continuer notre route.

L'Empereur fait partir le jour même, Eblé et Chasseloup. Il veut que le pont soit construit pour le 25 au plus tard. Il a pris les dispositions pour empêcher l'armée de Wittgenstein de nous couper la route pour traverser la Bérézina. Il donne au maréchal Victor des consignes.

[29] Situé à 28 kilomètres au nord de Borisov.

– Si ce général russe voulait attaquer Oudinot et Corbineau qui tiennent le passage, jetez-vous à sa traverse et battez-le !

Chapitre 11. Le 23 novembre 1812, Borisov, à 660 kms de Moscou, Biélorussie.

Témoignage du pontonnier Louis Averty.

Nous sommes arrivés le 23 novembre, vers 5 heures du matin à Borisov. Le pont est entièrement détruit. Avec Augustin Thabard, nous regardons le désastre. Nous sommes tous les deux, nés à Saint-Jean de Boiseau, un petit village situé à quatre lieues, en aval de Nantes, nous habitons non loin l'un de l'autre, et très jeune, nous avons travaillé à la fonderie de l'Indret, situé sur l'île de la Loire à une lieue de la commune[30]. Je suis né en septembre 1790, et j'avais tiré un mauvais numéro, le 32, pour aller rejoindre à 18 ans, la Grande Armée. J'ai été enrôlé dans la compagnie de pontonniers du Général Eblée.

– Louis ! Louis Averty !

Me retournant, j'avais reconnu mon camarade Augustin. Il avait été enrôlé un an avant moi. Se retrouver tous deux dans cette compagnie, c'était normal ! Notre connaissance des bois de marine pour construire les affûts des canons[31]

---

[30] Créé en 1777 par décision du ministre de la Marine Antoine de Sartine afin de couler des canons pour la Marine royale.

[31] Ils permettent aux canons de se mouvoir latéralement, et sont presque uniquement construits en bois.

nous conduisait à intégrer ce corps de l'artillerie. Le commandant des équipages de construction de ponts, c'est le général Eblée. Nous sommes quatre cents pontonniers, en ordre. Il a réussi à maintenir une discipline dans le régiment, nous avons tous conservé nos armes. Nous sommes accompagnés par les sapeurs du général Chasseloup, qui commande un régiment du génie. Les deux officiers doivent se concerter pour construire les ponts au-dessus de la rivière, afin de savoir comment les édifier pour faire passer les troupes et l'artillerie.

Nous avons emmené du matériel avec nous, des outils pour le bois, des clameaux, des clous, des haches, des pioches, et des voitures pour transporter le charbon pour nos forges. Nous avons pris le matériel lors du passage de Smolensk. Il a semblé impossible de reconstruire des pontons sur le passage de l'ancien pont, que nous avons observé quelques heures auparavant. Nos officiers ont laissé la majorité des hommes sur place, pour faire semblant de s'activer à une installation, afin de tromper les Russes. Pendant ce temps, ils ont envoyé en amont et en aval, des éclaireurs pour reconnaître les endroits où l'on pourrait jeter les passerelles nécessaires au passage de l'armée sur l'autre rive. Nous savons que c'est pour donner le change à l'ennemi. On nous dit que l'on sait où l'on doit construire nos pontons. Notre stratagème à l'air de fonctionner, je vois de nombreuses troupes russes parcourir toutes les routes en amont et en aval de Borisov.

Augustin et moi faisions partie de la même escouade. Nous sommes partis le jour même vers midi avec les caissons d'outils et les forges pour trouver dans le village le plus proche, les bois nécessaires. Le village de Studlenka est situé à quatre lieues au-dessus de Borisov. Le soir vers quatre heures à la tombée de la nuit, en cette saison les nuits durent seize heures, on a commencé le travail. On nous a prévenus, on doit édifier trois ponts de chevalets, deux par nous, et le dernier par le génie.

On occupe le village depuis deux jours, une vingtaine de chevalets sont terminés, mais le général en les regardant, nous dit qu'ils seront trop faibles à cause du bois de construction. Les ponts céderont tout de suite au passage des pièces d'artillerie. On nous a dit que l'Empereur a donné l'ordre qu'un ponton soit construit pour le 25 au plus tard. Cela nous paraît impossible, mais cet ordre nous galvanise.

On abat les maisons du village, les bois vont servir à assembler des chevalets plus solides, et le reste pour les poutrelles et madriers. Les villageois hurlent et pleurent, en cette saison, c'est leur mort assurée. Mais pour l'armée et nous, c'est notre survie. On a forgé le matériel nécessaire, on a travaillé toute la nuit. Au matin, nous avions fini.

Nous avons su, quelques jours plus tôt, que Napoléon a fait brûler tous les aigles des régiments. Il a réorganisé sa garde en deux bataillons. Les cavaliers montés au nombre de 500 ont été rassemblés en une seule compagnie sous les ordres de Grouchy. Les capitaines et lieutenants sont devenus de simples soldats, et les généraux sont devenus de simples capitaines au sein de cet « escadron sacré[32] ». Il a aussi donné l'ordre de brûler toutes les voitures. Les officiers n'en ont plus. La moitié des fourgons et des caissons sont détruits. Les chevaux encore vivants sont donnés à l'artillerie pour tirer les canons en état. Ses propres chevaux ont subi le même sort, il les a abandonnés aux artilleurs.

On a assemblé aussi quelques radeaux qui pourront servir de nacelles afin de traverser la rivière. Le bois nous manque. Il a juste permis de construire quelques petites embarcations. Le 26 novembre, on nous donne l'ordre de jeter les ponts. On commence à les construire. Ils sont distants l'un de l'autre d'une centaine de toises[33].

[32] Dénomination de Napoléon, il fait référence au bataillon sacré de Thèbes, dans la Grèce antique.
[33] Environ 200 mètres.

Nous devons rentrer dans l'eau glacée jusqu'aux aisselles. Il ne fait pas assez froid pour que l'eau gèle, et trop froid pour supporter longtemps la température de l'eau. Des blocs de glace dérivent par le courant. Ils sont parfois retenus par nos épaules, et nous alourdissent, en se collant à nos habits. Il faut se maintenir fermement aux madriers, tout en travaillant. Pour donner l'exemple et pour nous aider, Eblée s'est jeté aussi à l'eau et travaille comme nous. Tous les officiers ont fait de même.

Des cavaliers ont passé la rivière pour sécuriser l'autre rive, transportant chacun un voltigeur de la Garde. Les radeaux ont servi à faire passer quelques centaines de soldats de l'infanterie, qui en prenant pied sur l'autre rive, se sont déployées pour assurer le passage et contrer les tireurs ennemis qui peuvent nous fusiller facilement.

– Ils vont se faire massacrer, Louis ! Ils ne sont pas assez nombreux !

– Et pourtant, ils n'ont pas hésité à traverser. Regarde, Augustin, les cosaques arrivent. À voir tous les feux de cette nuit, c'est toute l'armée russe de Tchitchagov qui se trouve de ce côté de la rivière.

– Pourquoi, ils ne s'opposent pas à la construction de nos ponts. Avec leur artillerie, ils pourraient nous pulvériser. Nos fantassins semblent contenir les cosaques.

– Regarde, sur notre rive, c'est l'Empereur qui fait disposer l'artillerie.

– Le capitaine m'a dit que le génie ne peut pas construire le troisième pont. Chasseloup met à la disposition de notre général, ses sapeurs et les chevalets qu'ils ont construits.

Vers une heure de l'après-midi, je regarde avec mon compagnon le pont de droite qui s'achève. Renforcés par nos derniers efforts, à moitié gelés dans l'eau, nous n'y restons que quelques minutes, avant d'être remplacés par un compagnon. Certains ont voulu rester plus longtemps malgré les ordres d'Eblé, ils ont succombé au froid. Je voyais leurs mains ne plus s'accrocher aux planches du ponton, puis leurs corps dériver dans la rivière, et leurs yeux se fermer. Ils disparaissaient rapidement.

Ce sont les troupes du Maréchal Oudinot qui passent en premier sur l'autre rive, avec quelques canons, ils s'installent et vont protéger le passage des autres unités.

Chapitre 12. Le 24 novembre 1812, Borisov, à 660 kms de Moscou, Biélorussie.

Témoignage de l'amiral russe Pavel Tchitchagov.

J'avais fait partir des détachements en amont et en aval de Borisov, avec pour instruction de reconnaître le pays et d'occuper les routes. Il faut nous renseigner sur l'ennemi. Je dois établir un camp retranché sur Borisov, et attendre l'armée de Wittgenstein qui nous permettrait d'encercler Napoléon et de capturer les restes de son armée. J'avais fait mes armes dans la marine impériale, et l'avais réorganisée. Puis j'avais démissionné et épousé une Anglaise, lors d'un voyage. À son décès, l'an dernier, je suis rentré dans mon pays, et le Tsar m'a confié cette armée du Danube. Je combats maintenant cet homme que j'admire. Je possède son buste sur mon bureau.

J'ai envoyé, quelques jours plus tôt, une avant-garde pour harceler les Français, Oudinot les a battus. C'est la première fois que mon armée, victorieuse jusqu'alors, est battue. La ville de Borisov est de nouveau entre leurs mains. Mais j'ai fait détruire le pont et je tiens fermement l'autre rive avec des troupes et de l'artillerie.

Les prisonniers français nous ont tous indiqué que l'armée de Napoléon compte encore 100 000 hommes, je suis sûr que ce chiffre est exagéré, mais même s'il n'est que de la moitié, je n'ai que 20 000 hommes à lui opposer[34]. De plus ma cavalerie est inutile dans les marais et les bois, tout autour de la Bérézina.

Il faut garder plus de vingt lieues du tracé de la rivière où les Français peuvent essayer de construire un pont. C'est possible à plusieurs endroits où la distance entre les deux rives est moindre, et le passage à gué possible. Koutousov m'a envoyé ses ordres, je dois combattre sur la rive droite avec les troupes de Wittgenstein, et lui avec ses troupes va nous rejoindre et combattre sur la rive gauche, on jetterait alors, cette « Grande Armée » dans la rivière glacée. Les dépêches du général en chef, Koutousov, annoncent qu'il a battu l'armée de Napoléon, et qu'il talonne ses restes. Or, je vois devant moi, des unités françaises, en bon ordre et disciplinées[35].

On m'annonce dans la journée qu'un pont se construit au sud de Borisov. Je fais partir tout de suite plusieurs

[34] Si les Russes avaient organisé un service compétent de renseignements, l'armée française aurait été détruite. À la différence de Napoléon qui savait exactement où, combien et comment se déplacés les trois armées russes.

[35] Les troupes de l'avant-garde d'Oudinot n'ayant pas été décimé par la retraite ont fait diversion.

régiments avec de l'artillerie pour les combattre. Le lendemain matin, on m'annonce que les Français tentent la percée à l'extrême nord de la ligne de surveillance de la rivière. La plupart de mes troupes, et moi-même avec mon état-major, nous nous trouvons au sud de cette ligne, à une journée de marche. J'avais divisé mon armée, car les travaux de construction du pont au sud semblaient se poursuivre. Quand mes éclaireurs m'apprennent que les premiers Français viennent de passer sur la rive droite au nord, je m'y rends tout de suite à marche forcée avec des troupes. En m'approchant du passage de Vésélovo, j'ai entendu le bruit de la canonnade. Le gel s'est renforcé dans la nuit, et les marais tout autour de la rive droite qui auraient dû empêcher les Français de s'y déployer sont devenus durs et solides. Si le froid avait été moins intense, le sol marécageux aurait empêché à la cavalerie et à l'artillerie ennemie de se déplacer. Pour la première fois depuis le début de la retraite française, l'hiver les a aidés. Ils ont mis en batterie cinquante pièces de gros calibre sur la hauteur de la rive gauche qui nous surplombe. Les tirs provoquent de nombreux morts dans nos rangs. Dès la traversée des troupes de leur avant-garde, notre position deviendra intenable. Si je n'avais pas écouté les renseignements de notre général en chef, qui me disait être certain du passage de Napoléon au sud de Borisov, nous aurions pu empêcher la construction de leurs passerelles et leur traversée de la Bérézina aurait été impossible.

Aucune nouvelle de Wittgenstein et de Koutousov qui devaient me rejoindre rapidement. Je suis obligé de lancer l'ordre de retraite pour réorganiser mon armée et empêcher Napoléon de rejoindre la route de Minsk. Je donne l'ordre dans la nuit, mes quelques milliers d'hommes ne peuvent plus s'opposer seuls[36] à l'armée française.

[36] On lui fit porter seul la responsabilité du passage réussi de la Bérézina.

Chapitre 13. Le 25 novembre 1812, Borisov, à 660 kms de Moscou, Biélorussie.

Témoignage de l'actrice Louise Fusil, née Fleury.

Nous sommes proches de la rivière Bérézina. On nous a donné l'ordre du départ, au lever du jour. Autour de la calèche où je me trouve, m'accompagne par un détachement de la Garde. L'Empereur est debout à l'entrée du pont. Il donne des ordres, pour faire accélérer le franchissement. Il est calme. Le passage est si étroit que les roues de la voiture le touchent presque.

– N'ayez pas peur, Madame, n'ayez pas peur !

Il m'a reconnue. Le roi de Naples accompagne ma voiture, une main sur la portière. Les officiers gardent leurs chevaux à la main, il est trop dangereux de les monter en traversant le pont. Une fois passée, et là encore la providence m'a épargnée, le pont s'est rompu. Une multitude de personnes a été précipitée dans les eaux glacées. Je vois maintenant les restes de la colonne des « traînards » prit sous le feu des canons russes. J'entends leurs cris. Ils ont tardé à traverser. Certains essayent de passer la rivière à travers les blocs de glace, et sur de minces couches d'eau gelées qui souvent se rompent. Ils sont emportés par les flots rapidement. Je vois une femme tenant son enfant dans ses bras, pris entre deux blocs de glace. Des soldats essayent de la sauver en lui tendant un fusil pour qu'elle s'y accroche. En essayant de le prendre, elle fait un mouvement qui l'emporte et la fait disparaître avec son jeune enfant. Certains sont parvenus à traverser et nous racontent ce qu'ils ont vécu et vu de l'autre côté de la rivière, ce sont des atrocités difficiles à décrire, Je sais que cela va me hanter longtemps.

La plupart des traînards sont morts, tués soit par le froid, soit par la mitraille, soit par les cosaques. Il ne reste plus grand-chose de cette colonne.

Je suis arrivée à Vilnius, le 9 décembre, nous avons eu toutes les peines du monde à entrer dans la ville, pourtant je suis accompagnée par des officiers d'ordonnance. Le reste des Français de Moscou, n'ayant pas la même escorte et ayant réussi à passer la Bérézina, meurent pour la plupart devant les rues de la ville, étouffées par le flot continu qui veut arriver au centre de la cité, où se trouvent les refuges et les magasins de vivres.

Finalement, je suis logée dans la demeure du comte de Kasakoska, gouverneur de la ville, et où loge le duc de Dantzig[37]. Son fils officier est blessé et hors d'état d'être transporté, il doit rester ici. Ne voulant plus fuir et risquer ma vie, connaissant aussi le maréchal Koutousov et même l'Empereur Alexandre Ier, je me propose de veiller sur son fils et d'attendre l'arrivée des Russes. Il a écrit une missive au général ennemi qui commande les avant-postes, pour lui dire qu'il doit laisser son fils dans la ville et se fier à sa générosité pour le traiter correctement.

C'est ainsi que je me suis retrouvée le lendemain, au milieu des troupes russes.

---

[37] Maréchal François Joseph Lefebvre, commandait la vieille garde.

Chapitre 14. Le 26 novembre 1812, Borisov, à 660 kms de Moscou, Biélorussie.

Témoignage du pontonnier Louis Averty

— Je ne sens plus mes pieds, Louis !

Je me déplace pour rejoindre Augustin, et le porter jusqu'à la rive par les aisselles. Nous avons travaillé toute la nuit à la lueur des feux de camp ennemis. Nous sommes épuisés. Je regarde autour de moi, nous ne sommes plus que quelques dizaines de notre compagnie, et en comptant les blessés vaincus par le froid. Les autres ont disparu dans la Bérézina.

Le jour se lève. Nous pensions trouver devant nous toute l'armée russe. Non, ils sont partis. Il ne reste que quelques cosaques et quelques pièces d'artillerie. C'est un miracle.

Le second pont est achevé, il doit tenir, le temps que nos canons et nos voitures puissent le passer. Je regarde exténué, les régiments traverser. Après Oudinot et ses 5 000 hommes, c'est au tour de Dombrowski et de Legrand avec 7 000 soldats de franchir la rivière.

L'Empereur est au bord du pont, sur la rive gauche. Sa présence suffit à maintenir la discipline dans les rangs. Je l'observe. Il regarde longuement les hommes. Il dit peu de mots, mais je les vois se redresser comme s'ils étaient à la parade, devant lui.

Le lendemain, le 27, je vois le maréchal Ney le franchir, 7 000 soldats de plus. Il est maintenant impossible à l'armée russe de nous battre. Sur le pont de gauche, les pièces d'artillerie passent. Je vois les secousses du pont à leurs passages. On avait donné les consignes aux conducteurs, pas de trot, pas de galop, les chevaux au pas. Mais beaucoup ne respectent pas les conseils, et les ruptures se produisent. Les chevalets se sont enfoncés dans un sol vaseux, les ondulations et les inclinaisons qui en ont résulté, ont provoqué l'écartement des pieds des chevalets qui se sont rompus. Toute une colonne est précipitée dans la rivière, les hommes et les chevaux sont vite emportés, on ne peut rien faire. Le pire ce sont les cantinières et leurs enfants, qui sont dans les chariots de transports. Je vois une femme qui tient son enfant dans ses bras, puis je ne la vois plus, elle a disparu.

Eblé sait que nous sommes épuisés, il sait aussi que les réparations sont urgentes. Nous sommes harassés de fatigue, près des feux, endormis pour la plupart. Nos officiers nous réveillent et demandent des volontaires. Il faut des hommes valides, n'ayant pas encore de membres gelés. Je me lève. Augustin dort toujours. Notre général, de nouveau donne l'exemple, et se jette dans la rivière avec des outils pour remplacer les pièces défaillantes. On le suit et après quelques heures d'un travail harassant, le ponton de gauche est réparé. Les voitures et les chariots reprennent leur traversée.

De nouveau et à deux reprises, le pont des attelages doit être réparé, de nouveau nous nous sommes mis à l'eau. Sur le pont de droite, les chevalets ont tenu, mais ce sont les planches qui ont cédé. On doit réparer le tablier, mais au moins, nous ne devons pas nous immerger. On eut l'idée, par la suite, pour essayer de repartir le poids sur les ponts, de les recouvrir de chanvre et de paille. Cela les a renforcés. Il n'y eut plus de rupture.

Toutes les troupes en ordre de marche sont passées. Le 27 novembre au soir, il ne se présente que des hommes isolés. Par la suite, la colonne des civils et des déserteurs est arrivée. Une foule, avec une quantité de voitures et de chevaux qui peut faire effondrer les tabliers dans leur ensemble. L'encombrement à l'entrée est immense. Peu arrivent à passer. Je suis maintenant sur l'autre rive, Eblé nous en a donné l'ordre.

J'ai entendu l'Empereur donner des consignes pour discipliner cette foule indomptable. Peine perdue, la Garde a employé la force et croisé les baïonnettes pour lui ouvrir un passage. Des gardes repoussent cette cohue à l'entrée des ponts. Beaucoup sont bousculés par d'autres et finissent leur vie dans le fleuve qui les emporte.

Arrivé sur l'autre rive, l'Empereur appela notre général.

– Eblé, comment de temps pour faire passer tous ces gens ?

– Sire, avec les chariotes et leurs bagages, six jours n'y suffiront pas.

– On ne peut pas attendre, les deux armées de Wittgenstein et de Koutouzov se sont réunis, le général Partouneaux en arrière-garde les a retardés, mais ils seront ici dans quelques heures ! Laissons la nuit pour faire passer ces malheureux. Demain matin à sept heures, vous brûlez les deux ponts.

Malheureusement, peu de ceux-ci ont profité de la nuit, pour le faire. Ils ont préféré la passer dans le village de

Studlenka, près d'un feu. Le lendemain, il ne reste aucune maison debout dans le village. Les vagabonds et déserteurs n'ont pas franchi la Bérézina, et cela va devenir leur tombeau[38]. Ils ont vu les derniers régiments de la Garde traverser, ils ont compris que les ponts allaient être détruits. Il est trop tard. Eblé a attendu deux heures de plus, puis il a donné l'ordre, ils ont sauté et une partie des fuyards aussi.

[38] On dénombra 24 000 morts au total sur les deux rives de la rivière, Russes et Français confondus, sans compter ceux qui furent emportés dans la rivière, et dont on retrouve encore des squelettes de nos jours.

Chapitre 15. Le 27 novembre 1812, Borisov, à 660 kms de Moscou, Biélorussie.

Témoignage du médecin allemand Heinrich Roos.

Nous nous sommes remis en marche dans la nuit du 25 au 26 novembre. Je suis en compagnie de quelques officiers de la 19ième division d'infanterie Bavaroise[39]. Comment me suis-je retrouvé au milieu de cette armée de nations coalisées pour aller combattre Le Tsar russe sous les ordres de Napoléon ?

Après mes études de médecine, je fus attaché en qualité de médecin assistant à l'hôpital de la garnison de Stuttgart au printemps 1800. Nous étions ces années-là, sous l'influence directe de la France, qui occupaient de nombreuses parties du territoire du Saint Empire Germanique[40]. Après les batailles d'Austerlitz et d'Iéna, tous les pays allemands, en dehors de la Prusse, étaient sous l'influence directe de la France. En 1806, de nombreux états allemands de l'Empire germanique, dont le duché de

---

[39] Sur les 33 000 Bavarois de la Grande Armée, seul 4 000 survécurent.

[40] Héritage de l'Empire de Charlemagne, à son apogée au moment du règne de Charles Quint au XVIe siècle, il est éclaté en une multitude de petits états pratiquement indépendants, après les traités de Westphalie qui mettent fin à la guerre de Trente Ans au XVIIe siècle.

Wurtemberg dont je suis originaire, ont signé le traité de la Confédération du Rhin. Ils se sont unis et ont accepté la France de Napoléon comme leur protecteur, en échange de la fourniture de troupe et la fidélité à l'Empire français. C'était la fin du Saint-Empire. Je devins par la suite médecin-chef militaire, et en cette qualité je participais à de nombreuses campagnes de Napoléon. Au moment du déclenchement de la campagne, j'étais le médecin d'un régiment de cavalerie basé à Ulm, sur la rive gauche du Danube. Le 25 juin, jour de la Saint-Jean, je passais le Niémen avec mon régiment.

Six mois plus tard, je me trouve près la ville de Borisov à la lumière des étoiles. Mon régiment a été décimé, et les officiers et les hommes qui restent sont démontés, sans chevaux. À l'entrée du village, un pont traverse un ruisseau, il est impossible de passer, un ensemble de voitures et de cavaliers l'obstruent. Nous ne sommes finalement arrivés à le franchir que le lendemain, dans la journée.

Arrivé dans ce bourg, j'ai vu des marchands qui profitent de notre désarroi et de notre misère pour faire des affaires, et céder des provisions de bouche pour des sommes importantes ou de l'or en quantité. En quittant la ville, le sol est recouvert de flocons de neige en amont de la Bérézina. Nous sommes près d'un bois, où doit se faire le rassemblement de nos forces, nous ne sommes pas retardés par les civils, la Garde de l'Empereur a ouvert le passage. Nous faisons halte devant le fleuve. J'écoute les coups de feu échangés aux avant-postes et les coups de marteaux et de hache, en provenance du pont sur lequel nous devons traverser. La nuit arrive, nous sommes près de l'Empereur et de sa Garde dans le hameau de Studlenka.

Je m'installe avec ce qui reste de mon régiment dans une grange. Nous sommes entassés avec d'autres soldats de toutes unités, de toutes armes. La présence de l'Empereur avec sa garde près du pont nous incite à le traverser rapidement. Une fois qu'il l'aura franchi, je suis persuadé que l'ordre de les détruire va venir très vite.

Nous avons fait plusieurs tentatives, mais on nous indique que la priorité est donnée aux hommes armés et aux combattants. Or mes compagnons n'ont plus d'armes depuis longtemps, et plus de chevaux depuis encore plus longtemps. On nous indique maintenant que plus personne ne passe, les pontons doivent être réparés. Par la suite, j'essaye à nouveau de passer, mais à chaque fois, je suis repoussé. Un officier nous indique que L'Empereur manœuvre si habilement sur l'autre rive, que tout le monde pourra traverser. Tchitchagov se retire de l'autre rive, et nous avons reçu des troupes fraîches de Minsk et de

Vilnius. Rassuré par ces paroles, je décide de passer la nuit dans une voiture, et d'attendre tranquillement le lendemain.

Le 28 novembre, je suis avec des officiers français dans une grange, quand on nous annonce que les Russes se rapprochent. Puis des cris se font entendre : « Cosaques ! Cosaques ! ». C'est le signal de la confusion, tout le monde se précipite vers les passages. Il est difficile de décrire la brutalité avec laquelle les fuyards se repoussent et se battent pour passer les premiers. Les canons russes commencent leurs tirs et, dans cette foule, font des trouées sanglantes. J'entends les cris désespérés des femmes et des enfants. Il devient impossible de s'enfuir sur la rive ouest, j'en suis maintenant persuadé. Alors je retourne dans le village de Studlenka, quel que soit le sort qui m'attend, il vaut mieux que j'essaie de m'abriter. Près d'un bois, je suis saisi par le col par un cosaque, qui me demande avec quelques mots si je suis officier. Ma réponse positive l'incite à me mettre à l'écart. Il me fait signe de vider mes poches, et je lui donne tout ce que je possède. Il me prend aussi ma trousse de médecin que je garde toujours précieusement.

Je suis dans une troupe de prisonniers, dans laquelle je reconnais un jeune officier d'un régiment d'infanterie du Wurtemberg que je connais. Nous prenons la route, mais je ne sais pas pour quelle destination !

Chapitre 16. Le 26 novembre 1812, Borisov, à 660 kms de Moscou, Biélorussie.

Témoignage du général Partouneaux

Mon chef, le maréchal Victor, me laisse avec la 12ième division, le soin de tenir la ville de Borisov, en arrière-garde pour permettre à l'armée de traverser la rivière.

– Il faut que vous chassiez cette horde de traînards devant vous, pour vous permettre de quitter la ville !

L'ordre donné est le premier de ce type, que je reçois depuis mon incorporation dans l'armée en 1791 comme simple grenadier au premier bataillon de Paris. Et maintenant en tant que général, je dois combattre des civils et des déserteurs afin de protéger ma retraite.

Le soir, je me prépare à quitter la ville, quand je reçois de l'Empereur, l'ordre d'y passer la nuit. Quelques heures plus tard, des fuyards qui reviennent vers nous m'apprennent que des troupes russes nous ont séparées du reste de l'armée. Je me trouve maintenant isolé des ponts que l'on a construits pour passer le fleuve. Ne possédant que 3 000 hommes et trois canons, je décide sur-le-champ de combattre et de transpercer les lignes russes.

Dans la nuit glacée, et sur une route défoncée, j'ai suivi mes éclaireurs. Attaqué sur le côté par des hordes de cosaques, je suis maintenant devant une troupe ennemie organisée et en bon ordre. Leurs canons font des brèches dans les rangs de mes soldats. Les voitures des traînards et des civils m'empêchent de disposer de mes hommes comme je le voudrais et gênent mes manœuvres. C'est l'armée de Wittgenstein que j'ai devant moi. Un parlementaire vient me voir et me demande de rendre les armes. Je refuse. Il faudrait un dernier effort pour rejoindre les ponts de Studlenka.

On vient à l'instant de m'apprendre qu'ils ont brûlé[41]. Tout est contraire à mes plans. Avec l'une de mes brigades, j'essaye d'échapper aux Russes, de rejoindre Victor et, puisque les ponts ont disparu sous le feu, il faut que je passe par les sources de la Bérézina, au nord.

Nous nous sommes engagés sur ce qui semble être une route. La glace s'est rompue sous nos pieds, nous sommes sur un lac. Presque tous mes soldats sont morts, les autres ont jeté leurs armes ou ne veulent plus se battre. La tempête fait rage. Je rends les armes, sachant que c'est la seule issue possible pour ne pas faire mourir ceux qui restent, mais je

---

[41] Fausse nouvelle, colportée par un éclaireur.

sais aussi qu'à ce jour, seule ma division a capitulé devant l'ennemi[42].

---

[42] Fait prisonnier, et libéré en 1814, il passera le reste de son existence à se justifier de sa décision. Napoléon fut indulgent et ne lui en tint pas rigueur.

Chapitre 17. Le 28 novembre 1812, Borisov, à 660 kms de Moscou, Biélorussie.

Témoignage du pontonnier Augustin Thabard

Le jour se lève. Je ne peux plus marcher. Louis est venu me voir souvent, mais il doit avec les pontonniers encore vivants et valides, terminer le dernier travail que nous a confié notre général, faire sauter les ponts. On sait que l'Empereur lui a dit à sept heures du matin. Il a retardé l'heure. Les Russes attaquent en force sur notre rive. On a, semble-t-il, trois armées ennemies autour de nous.

Le désordre est partout. Peu de personnes parmi les fuyards passent, la panique a gagné la multitude. Les boulets tombent à travers cette foule, et font des ravages. Notre arrière-garde, qui a contenu les troupes de Koutousov sur la rive gauche, continue à se battre. J'entends l'ordre qui leur est donné de se frayer un chemin au sabre, et de passer sur le pont de droite, moins encombré. Je vois de mon brancard, des officiers et des soldats tomber dans la rivière. Les derniers éléments de la Garde marchent, en ordre, personne ne les empêche. Ils forment un îlot de quiétude et de sérénité dans cet océan de folie. Les fuyards, voyant cela, savent maintenant que l'on va bientôt tout détruire. Ils se précipitent, refoulés pour la plupart sur les berges, s'enfonçant rapidement dans les eaux glacées. C'est à ce moment que j'aperçois une femme, tenant un enfant à bout de bras et disparaître en quelques secondes. Quelques hommes réussissent à traverser en passant sur les blocs de glace, ils sont peu nombreux. Des chevaux sont poussés dans la rivière et périssent dans les glaces. Je vois le pont de l'artillerie qui cède et se rompt sous le poids. La masse confuse qui se trouve dessus est précipitée dans la rivière.

Je regarde ce drame, et je sais que je vais en vivre un personnel. Mes pieds gelés ne me permettent plus de me déplacer. Je vais devoir attendre, mais attendre quoi ? La mort certainement avec les autres pontonniers blessés ! Je ne vois plus Louis. Il a disparu dans ce flot interrompu. J'espère qu'il a pu passer. J'aperçois quelques hommes de notre régiment mettre le feu à des voitures. J'entends au loin notre général, crier que l'on va faire sauter et mettre le feu au dernier pont.

Le jour est complètement levé. Il est maintenant près de 9 heures, nos hommes ont obéi, ils sont détruits. Ils ne pouvaient nous emmener, nous le savions. Nous allons rester sur la rive gauche, avec les cosaques.

Chapitre 18. Le 29 novembre 1812, Borisov, à 660 kms de Moscou, Biélorussie.

Témoignage du soldat Louis Averty.

Je suis sur la rive droite, avec quelques-uns de mes compagnons et le Général. Presque tous nos officiers et nos soldats sont morts, ou sont restés de l'autre côté. Je voulais aller chercher Augustin, Eblé m'a donné l'ordre de le suivre pour brûler les ponts. J'ai obéi, je le regrette. J'ai laissé mon ami sur l'autre rive. Je regarde les milliers de malheureux, hommes, femmes, enfants, blessés que l'on a laissés aux mains des cosaques. Je les vois encercler cette multitude de gens, leur dérober leurs affaires, et leurs habits, les maltraiter et leur donner des coups. Ils vont mourir rapidement de froid. Ils sont encore des milliers.

Je marche maintenant, avec ce qui reste de notre compagnie dans une forêt marécageuse, sur une route étroite. Au bout de cette route, trois grands ponts en bois de sapin, que l'ennemi n'a pas détruits. On nous a donné l'ordre de brûler ces ponts après le passage des régiments. Nous sommes restés quelques heures à voir passer nos soldats, puis, conscient de l'importance de notre mission, on a mis toute la nuit à préparer la mission. On les a fait brûler. Les armées ennemies sont derrière nous.

Le lendemain matin, vers 4 heures, leur destruction ne permet plus aux Russes de les réparer. Pourquoi, ne pas les avoir détruits avant notre passage ? Ils étaient maîtres de l'endroit et c'était notre mort assurée !

Je sais que nous avons écrit une page glorieuse de notre histoire en permettant à l'armée qui reste de passer cette rivière. Malgré la fatigue, la faim, on a, en une nuit et une journée, jeté les deux ponts. Les sapeurs nous ont aidés, mais nous seuls, pontonniers, nous nous sommes jetés à l'eau et avons enduré le froid. Il le fallait pour fixer les chevalets sur leurs chapeaux. Des deux bataillons, nous ne sommes plus qu'une dizaine.

Ah, si nous avions gardé les bateaux qu'on nous avait fait détruire quelques jours auparavant, faits pour passer une rivière avec le matériel nécessaire. Avec cela, en deux ou trois heures, on construisait les deux ponts. Notre général l'avait proposé, il savait que cela aurait pu faciliter le passage. Mais, un ordre est venu, il fallait détruire tout le matériel. À ce moment-là, on pensait passer sur le pont de Borisov ou contourner la Bérézina par ses sources au nord. Heureusement, le général Eblé avait voulu garder le minimum de matériel pour une construction, comme s'il pressentait que l'on ferait traverser nos soldats, sur des structures de bois. L'Empereur lui doit la sauvegarde du reste de son armée, et certainement sa vie et son honneur. Grâce à lui, il n'a pas été fait prisonnier sur les berges de la Bérézina.

Au moment où j'écris ces lignes, je sais que mon chef, le général Eblé, est mort quelques jours après cette traversée. Le général Chasseloup l'a dit à l'état-major, c'est grâce à son courage et sa force de volonté qu'on y est parvenu. Son supérieur, le général Lariboisière est tombé malade à Vilma, quelques jours plus tard, et Eblé l'a remplacé, miné par la maladie lui aussi. Il a rempli sa mission avec l'ardeur qu'on lui connaît. Il est mort d'épuisement le 30 décembre 1812, à Koenigsberg, en Allemagne, à des centaines de lieues de la Bérézina.

Chapitre 19. Le 29 novembre 1812, Zemblin, à 681 kms de Moscou, Biélorussie.

Témoignage du général Philippe Ségur.

Nous avons sauvé près de 60 000 hommes. Le soir, après avoir traversé Zemblin, nous sommes parvenus dans la ville de Kamen. Je suis l'un des aides de camp de l'Empereur. Tout en le servant, je passe du temps à prendre quelques notes. Je pense qu'il faut consigner tous ces faits pour l'Histoire. Et cette malheureuse invasion de l'Empire russe en fera partie.

Nous poursuivons notre route, rencontrant parfois quelques régiments ennemis. Le 3 décembre, nous sommes à Maladetchna, à plus de trente lieues de Borisov. Nous ne pouvons plus être inquiétés par les éléments de l'armée de Tchitchagov. Des vivres se trouvent dans cette ville. Le froid est moins intense. Les courriers de France nous parviennent. Des régiments de polonais en réserve dans cette région nous ont rejoints. Nous avons pensé que le pire était maintenant derrière nous, quelle erreur !

Je pense que c'est à ce moment-là, que l'Empereur a eu l'idée de quitter l'armée, et de rejoindre Paris le plus vite possible.

Il prend les dispositions nécessaires, Murat et le prince Eugène commanderont l'armée pour la ramener en France. Le maréchal Ney les couvrira avec l'arrière-garde. Il nous indique qu'il faut garder secret son départ, le plus longtemps possible. Car, dans ce désastre de la Grande Armée et la fuite de Moscou, les défections et les complots sont nombreux. Il faut qu'il se montre en France. Caulaincourt l'accompagnera avec une escorte réduite. Seul le maréchal Berthier proteste. L'Empereur reste seul avec celui qui l'a accompagné depuis 16 ans dans toutes les campagnes. Nous avons entendu les éclats de voix. C'est justement son âge[43] et la fatigue de cette dernière campagne qui le font parler. L'Empereur, en colère, lui indique alors qu'il doit se retirer sur ces terres et ne plus paraître à la cour, après son retour en France.

Il prit à part tous les maréchaux et les généraux de son état-major pour leur annoncer son départ, en leur expliquant les raisons. Il savait que la Prusse et l'Autriche allaient l'abandonner, se retourner contre nous, et lever des troupes pour nous combattre. Il fallait de nouveau lever une armée en France pour les contenir sur les frontières allemandes.

---

[43] Il avait alors 60 ans. Il était sous les ordres de Napoléon depuis l'armée d'Italie, et l'a aidé à prendre le pouvoir. En disgrâce, il reprit du service lors de la campagne de France et fut blessé en janvier 1814. Il se suicida en juin 1815.

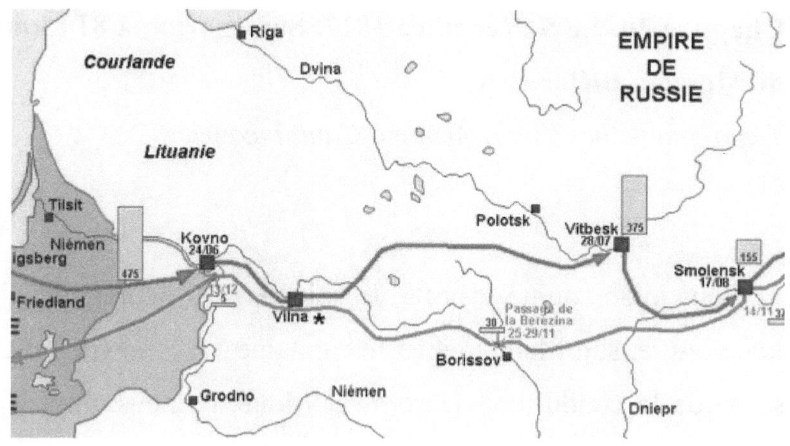

Le 5 décembre au matin il part, laissant le commandement au Roi de Naples, Murat.

Le 10 décembre, il entre à Varsovie, le 19 décembre à Paris, deux jours après la publication du 29ième bulletin de la Grande Armée, qui apprend à l'Europe entière son revers[44].

---

[44] Le bulletin rendait l'hiver seul responsable du désastre.

Chapitre 20. Le 5 décembre 1812, Smorgorny, à 810 kms de Moscou, Biélorussie.

Témoignage du général Armand Caulaincourt.

Nous avons quitté la ville, le soir vers 10 heures, dans une voiture, son Mamelouk et le capitaine Wukasowitch de sa garde la conduisent. Duroc[45] et Mouton[46] nous suivent dans une calèche, le secrétaire Fain et le valet de chambre Constant, dans une autre. Nous sommes escortés par des Polonais dans un premier temps, puis par des Napolitains de la Garde Royale. Ils viennent de Vilnius.

Nous sommes arrivés dans la petite ville d'Osmania, en pleine nuit, par un froid intense. La division Loison doit nous protéger dans cette ville. Mais les points de garde sont mal placés, les hommes se sont abrités du mieux possible en désertant leurs postes. Des cosaques en ont profité pour nous attaquer. Ils sont vite repoussés, mais en se replaçant sur les hauteurs, leur artillerie pilonne les quartiers de la cité, quand l'Empereur y arrive. Nous sommes repartis vite en direction de Miedniki. Des centaines d'hommes de nos

---

[45] Grand maréchal du Palais de Napoléon, surnommé l'ombre de L'Empereur.

[46] Maréchal de France, duc de Lobeau, Napoléon dira de lui : « Mon mouton est un lion »

escortes que nous avons placées en amont et en aval de cette route, ils ne sont que 36 à avoir survécu au froid de la nuit. Lorsque nous arrivons à Vilnius, son retour en France devant rester secret, il ne s'est pas montré dans le palais du gouverneur ni dans les endroits où les troupes tiennent garnison. C'est pour cette raison que je donne tous les ordres, et commande ce qu'il faut pour organiser les étapes suivantes sous mon nom.

Nous avons décidé de poursuivre vers Varsovie, les routes devant être plus praticables. Il me parle alors de ses projets, de sa certitude à ce que les restes de la Grande Armé, se réfugiant à Vilnius, puissent se reconstituer en régiments disciplinés, y passer l'hiver et attendre les renforts qu'il lèvera en France. Il me parle aussi des autres puissances, Autriche, Prusse, les duchés allemands et polonais, me disant qu'ils auraient tous, peur de l'invasion russe et de leurs cosaques. Il restera à leurs côtés pour combattre.

Je lui répondis franchement.

– Non, Majesté, c'est vous que l'on craint et non le Tsar. C'est vous qui empêchez de voir les autres dangers. C'est votre monarchie universelle, votre dynastie. C'est le système fiscal, adopté depuis quelques années, qui spolie les intérêts allemands. C'est l'inquisition politique établie en Allemagne, qui choque toutes les opinions nationales. C'est le régime militaire instauré par Davout qui exaspère les peuples. Nous devenons, nous Français, des tyrans pour ces populations, après avoir été des libérateurs. Tout cela, on vous les cache peut-être, mais c'est la réalité.

Loin de se mettre en colère, il m'écoute avec attention, acceptant certaines remarques, contredisant d'autres. Il argumente que les lois qui régissent ces pays donnent des garanties contre l'arbitraire. Il aurait pu administrer les territoires comme des pays conquis, mais il a mis en place un système d'administration identique aux départements français. Et puis, il me fait un long discours sur les responsabilités de l'Angleterre qui veut imposer ses règles pour le commerce à toute l'Europe. C'est pour cela qu'il a demandé aux autres nations le blocus de leurs produits, pour la contraindre et imposer la paix. Comme le Tsar Alexandre ne voulait plus respecter le traité qu'il avait signé quelques années auparavant et il s'y était engagé, il a été contraint de faire cette campagne.

– C'est un combat de géant entre la Grande-Bretagne et la France. Et ce combat est dans l'intérêt même de ceux qui se plaignent. Ils seront les premiers à en recueillir les fruits. C'est l'Angleterre qui m'a poussé, forcé à tout. Si elle n'avait pas rompu le traité d'Amiens[47], si elle avait fait la paix après Austerlitz, je serai resté tranquillement en France. Je n'aurai rien entrepris en dehors de nos frontières. Je ne suis pas un Don Quichotte en quête d'aventures.

Il m'explique ensuite que l'Angleterre n'est jamais entrée dans des négociations ou voulue la paix, parce qu'elle a besoin des ressources énormes alimentées par ses droits de douane, pour payer les intérêts de sa dette publique[48].

[47] Conclue en 1802 par le gouvernement britannique qui se sent un peu isolé en Europe, la paix est rompue par le Premier ministre William Pitt qui organise la troisième coalition et déclare la guerre à la France, pour contrer la domination française en Europe.

[48] Les estimations donnent une dette publique de 800 millions de livres sterling pour un PNB annuel de 300 millions, soit 266%, loin des 88% de notre époque.

– Croyez-vous, Caulaincourt, que la Russie va faire la paix ?

– Non, nous sommes encore sur ses terres, et nos revers vont les pousser à nous poursuivre.

– Tout a mal tourné parce que je suis resté trop longtemps à Moscou ! Si j'étais parti quatre jours après l'avoir occupé quand ils ont incendié la ville, la Russie était perdue. Et ce n'est pas son général en chef Koutousov qui m'aurait battu.

Un peu plus tard, se confiant de nouveau à moi, il me dit : « Vous verrez, Caulaincourt, la paix est impossible si elle n'est pas générale avec le royaume britannique, il ne faut pas se faire d'illusion».

Chapitre 21. Le 6 décembre 1812, Smorgorny, à 810 kms de Moscou, Biélorussie.

Témoignage du général Philippe Ségur.

En rejoignant Vilnius, Murat a pensé, avec nous tous, rejoindre une garnison en état de se battre, des magasins immenses remplis de provisions, et bénéficier d'un abri pour passer le reste de l'hiver. Mais pour permettre la poursuite de cette folle retraite, il nous fallait un colosse capable de diriger ces troupes éparpillées, un surhomme capable de les guider. Le lendemain même de son départ, les officiers supérieurs n'obéissent plus qu'à eux-mêmes. La Garde est désorganisée, l'habitude sans doute de n'obéir qu'à un seul homme. Elle sombre dans le désordre. L'insuffisance de Murat pour diriger les restes de cette armée provoque vite le chaos. Avant nous pouvions parler de revers, à partir de ce jour, nous pouvons parler de catastrophe.

Mais ce ne sont pas les seules causes. L'hiver devient rigoureux, le vent violent. Après le passage de la Bérézina, le nombre de morts sur la route n'était pas important. Nous devions cela à un froid moins intense, une région moins désolée, un semblant d'organisation dans les troupes les plus robustes qui avaient pu passer le fleuve, et le courage de Ney en arrière qui avait contenu les Russes. Maintenant, le froid polaire nous pousse à ne penser qu'à notre propre survie. Nous ne sommes plus une armée, un groupe, une organisation, une hiérarchie. C'est le calvaire d'une somme de cas individuels et isolés d'hommes essayant de survivre.

Ce sont les derniers moments de la Grande Armée, son agonie a commencé, sa disparition est proche.

Je peux témoigner que durant ces derniers jours, il y eut autant de morts par le feu que de morts par le froid. Les survivants allument des feux partout sans prendre de précautions, et s'en approchent si près qu'ils brûlent. Ils ne sentent même plus leurs membres gelés qui se consument dans les flammes. Dès l'apparition d'un abri, d'un hangar, d'une maison, d'une grange, d'une palissade, ils s'y entassent, pouvant à peine remuer. Et puis l'un d'entre eux allume un feu sur la paroi de bois, et le brasier les tue tous.

Le 9 décembre, nous atteignons Vilnius. Nous pensons alors avoir atteint la terre promise. Mais même la terre promise demande un peu de discipline, d'organisation, d'ordre. Les restes des troupes se sont précipités par la seule rue disponible, pour atteindre les magasins situés au centre de la ville. Personne ne peut les guider, les discipliner. Alors par un froid intense, durant toute la nuit, la plupart des soldats périssent gelés ou étouffés. Sur près de 60 000 hommes qui passèrent la Bérézina, rejoints par 20 000 des nouvelles troupes, je pense que la moitié a péri durant les quatre jours, sur la route de Smorgorny à Vilnius.

Chapitre 22. Le 10 décembre 1812, Varsovie, à 1262 kilomètres de Moscou, Duché de Pologne.

Témoignage du général Armand Caulaincourt.

Arrivé aux abords de la ville, l'Empereur a voulu se rendre à pied à l'hôtel d'Angleterre où un logement lui a été préparé. Il est impossible de le reconnaître, ses vêtements et sa tenue ne le permettent pas. Il continue à se faire passer pour mon secrétaire sous le nom de Monsieur Rayneval. Je continue à accomplir toutes les démarches nécessaires à la poursuite de notre voyage. Il veut rencontrer l'ambassadeur de France, l'abbé Pradt. Je sais qu'il a de nombreux reproches à lui faire. Celui-ci par son attitude, et croyant être le gouverneur du Duché, a imposé des directives idiotes aux Polonais, nos plus sûrs alliés dans la coalition.

– Monsieur, votre conduite à vouloir jouer les militaires, alors que vous n'y connaissez rien, a rendu invisible une armée de 80 000 Polonais qui aurait pu me rendre de grands services durant cette campagne. Vous l'avez morcelé en d'innombrables petits troupeaux qui ne m'ont servi à rien. Contentez-vous de faire de la politique en tant qu'ambassadeur et de dire la messe en tant qu'abbé. Et ne passez pas votre temps à vous occuper de ce qui ne vous regarde pas ou de vos intérêts et de votre fortune personnelle.

L'abbé[49] essaie de se justifier, de rejeter les torts sur les autres autorités françaises du Duché. Durant ces explications, l'Empereur écrit quelques mots et me tend le papier : « Délivrez-moi de ce faquin ! ».

Je consigne mes ordres, l'abbé devra quitter son poste, et rentrer tout de suite à Paris, en pleine disgrâce[50] avec ordre de ne plus se présenter à la cour et de rejoindre immédiatement son diocèse.

Nous avons quitté Varsovie en direction de la Prusse, vers la ville de Glogau.

– Je me fais plus méchant que je ne suis, Caulaincourt. Mais devant les agissements d'êtres vils et imbus de leurs pouvoirs dérisoires, qui ne savent plus ce qu'ils doivent faire, et qui deviennent des tyrans de pacotille, il faut sévir tout de suite et sans pitié. On me croit sévère et dur, tant mieux. Certains hésiteront à se comporter comme cet abbé, et cela m'évitera de l'être à tout instant.

[49] Il écrivit son « Histoire de l'ambassade de Pologne » en 1814, mais ne le publia qu'après le départ de Napoléon pour Sainte-Hélène. Son récit qui le décrit comme celui qui s'opposa à l'Empereur diverge fortement de Caulaincourt.

[50] Il complota ensuite avec Talleyrand pour rétablir les Bourbons sur le trône en 1814, et ensuite après Waterloo.

Nous sommes le lendemain dans la ville de Posen. Les nouvelles de Paris arrivent.

Chapitre 23. Le 10 décembre 1812, Vilnius, à 881 kms de Moscou, Biélorussie.

Témoignage du général Philippe Ségur.

Cette capitale ignore tout de notre désastre, et lorsque des hommes en haillons ont voulu l'envahir avec des cris et des gémissements, ressemblant plus à des bêtes qu'à des hommes, les habitants ont fermé leurs portes. Les hôpitaux sont débordés et ont refusé les malades et les mourants. Les officiers d'ordonnance des magasins refusent la distribution, puisqu'il n'y a plus d'unités constituées pour une répartition régulière et formelle, et qu'il n'y a plus personne pour donner les ordres.

Ces administrateurs ne prennent pas la décision de distribuer à chaque homme quelques rations, alors qu'il y a de quoi nourrir les 40 000 survivants durant trois mois[51]. Mais on n'a pas le temps de prévenir Murat et Eugène pour donner les ordres à ces fonctionnaires, les canons russes résonnent. C'est l'avant-garde de Koutousov qui arrive aux portes de la ville. Elle a attaqué la division du général Loison, qui est censé nous protéger. Mais la réduction de ses effectifs ne lui permet plus d'être un obstacle bien

[51] Les documents attestaient 40 jours de vivres pour 100 000 hommes.

dangereux pour l'ennemi. Murat essaye d'organiser la défense, sans succès. C'est la panique qui s'empare de tous.

Alors on entend le seul cri auquel les malheureux sont encore disciplinés : « Cosaques ! ». Ils fuient tous hors de la ville. Imité aussi par le général en chef Murat, qui saisit d'épouvante, abandonne son palais et laisse le soin à Ney de résister. Près de la moitié de nos hommes est pris au piège dans la ville.

Nos effectifs, après ce nouveau désastre, sont divisés par quatre depuis notre succès sur les rives de la Bérézina. Nous ne sommes plus que 20 000. Ney est sorti de la ville le 10 décembre avec juste quelques hommes. Pendant son départ les cosaques et les miliciens sont entrés, ce fut un massacre, d'après les derniers survivants.

Lors de la sortie de la ville, les chariots contenant le trésor impérial se sont brisés sur la colline de Ponari, renversés par la foule et le gel. C'est le signal du pillage par les deux armées confondues. Cela permet au maréchal Ney de soutenir la retraite avec quelques centaines d'hommes. Tous les jours, il réitère la même manœuvre. Au soir, il prend position, arrête l'ennemi, laisse ensuite ses soldats se reposer, et repart. De nuit, il pousse la colonne de traînards. Au jour, il s'arrête, prend de nouveau position et attend l'ennemi. À la fin, lorsqu'il arriva à Kauwna, sur la frontière, situé sur le Niémen, les troupes qu'il commande se résument à quelques dizaines d'hommes.

La ville est devenue notre tombeau. L'Empereur a toujours pensé que nous pourrions nous y arrêter, nous reposer, reconstituer les régiments, y passer l'hiver et résister aux généraux russes. Grave erreur ! Ou plus exactement, il a commis une suite d'erreurs.

C'est un génie militaire dans les campagnes, quand elles se déroulent dans le mouvement, les batailles, les marches et la stratégie de conquête. Je me suis aperçu durant ces semaines, qu'il soit en proie aux doutes quand il est sur la défensive, en retraite ou après une défaite. Prenant tardivement des décisions, pensant que les dépêches qu'il reçoit, ne disent que la vérité, alors qu'on lui cache souvent les plus mauvaises nouvelles. Il s'interdit de penser au sort le plus funeste, ne sachant que faire quand il faut battre en retraite, il a persisté à penser que, passé la Bérézina, et ayant sauvé une partie de son armée, il pouvait rentrer en France, laissant à un piètre stratège indécis comme Murat le soin de commander celle-ci.

Je n'ai su que bien plus tard que la Russie et son Tsar eurent un allié de poids, en la personne du prince héritier de Suède, Jean-Baptiste Bernadotte. Cela changea aussi le déroulement de cette campagne. Cet ancien soldat de la

République française, général, ministre, maréchal et baron d'Empire de l'Empereur, devenu à la faveur de circonstances improbables, le successeur du trône de ce pays[52], avait signé le 24 mars 1812, un traité d'alliance avec Alexandre Ier. En contrepartie de l'aide de la Russie pour envahir et annexer la Norvège qu'il convoitait, il conseillait le Tsar. D'abord en facilitant des négociations secrètes entre celui-ci et l'Angleterre, alors qu'ils étaient officiellement en guerre. Le traité fut signé en avril de la même année. Il reçut des fonds importants du gouvernement britannique pour combattre Napoléon. Il conseilla ensuite son allié russe sur la conduite à tenir lors de l'invasion, lui conseillant de se dérober le plus possible aux batailles rangées et de faire en sorte de couper les lignes de ravitaillement de l'Empereur[53]. Il lui conseilla d'armer la population et de créer des milices comme en Espagne. Pire, il envoya un contingent armé de 20 000 Suédois soutenir les Russes pour consolider la défense de Riga, la capitale de la Lettonie, ce qui bloqua les troupes du maréchal Macdonald durant des mois sur le flanc nord, et empêcha la poursuite de ce corps d'armée pour soutenir les autres troupes et se diriger vers

---

[52] Il est élu à la surprise générale en août 1810, grâce à un parti suédois pro français, qui souhaitait se rapprocher de Napoléon.

[53] La correspondance entre Bernadotte et le Tsar est explicite.

Saint-Pétersbourg. La Russie fut le tombeau de la Grande Armée, Bernadotte en fut le vicaire qui prononça le sermon.

En traversant le Niémen six mois plus tard, nous ne sommes plus que 1 000 fantassins et cavaliers encore armés. Il ne nous reste que neuf canons et quelques chevaux. Une harde de 20 000 malheureux suit. Nous nous sommes enfoncés dans la forêt polonaise. Ney continue à assurer la sauvegarde de nos débris de régiments avec honneur et courage. Murat, quant à lui, en se sauvant, s'est déshonoré. Il va commencer à emprunter le long chemin de la trahison[54] qui perdra la France. Elle sera suivie par celle des Prussiens, puis des Autrichiens, puis des Allemands. Mais c'est lui, un Français qui a donné l'exemple.

[54] Rentré au début de 1813 en toute hâte à Naples pour sauver son royaume, il commence alors des pourparlers avec les Autrichiens, puis les Anglais. Le 11 janvier 1814, il signe un traité avec la coalition ennemie, et met à sa disposition un corps de 30 000 hommes. Changeant plusieurs fois de camp, fuyant Naples, rejeté par Napoléon, il est arrêté en octobre 1813 en Calabre, il meurt fusillé le 13 octobre.

Chapitre 24. Le 11 décembre 1812, Vilnius, à 881 kms de Moscou, Biélorussie.

Témoignage de l'actrice Louise Fusil, née Fleury.

Je suis restée au chevet de mon malade dans cette ville de Vilnius, accompagnée de l'intendant du Duc de Dantzig, et de son aide de camp, qui sont là, par fidélité à la famille. Au matin, les troupes font leur entrée dans la ville, et un aide de camp du général russe nous apporte, à notre grand soulagement, une dépêche qui nous indique qu'il prendra tous les égards pour le fils d'un grand militaire, qu'il admire. Il va nous envoyer une escorte.

Au lieu de l'escorte, ce sont des cosaques qui ont forcé quelques minutes plus tard, la porte de la maison. Ils pénètrent dans la chambre du blessé où je me trouve, dérobent tout ce qui a de la valeur. Ils vont attenter à notre vie et me violer, quand un officier leur dit de partir en les cravachant. Le général Tchitchagov vient nous voir peu de temps après, et nous laisse une garde d'une vingtaine d'hommes pour nous protéger.

Par les domestiques de la maison, nous apprenons que les soldats et les blessés, mis à la porte des demeures par les habitants, de peur des représailles, sont dépouillés et massacrés dans les rues. L'arrivée du Maréchal Koutousov met en partie fin à cette tragédie.

La maladie du fils du Duc, des suites de sa blessure, augmente rapidement. Le médecin polonais qui le soigne ne peut rien faire, son état est trop grave. Même le médecin Desgenettes[55], fait prisonnier dans la ville, ne peut rien pour lui. Le 19 décembre, il meurt. J'ai essayé d'adoucir les derniers instants de ce jeune homme. Avant son trépas, il m'a demandé de dire à sa mère… mais il n'a pas pu prononcer ce qu'il voulait lui dire.

C'est le maréchal Koutousov qui m'a protégée durant les semaines suivantes. J'ai quitté la maison du gouverneur et suis partie logée chez une dame, qui a recueilli de nombreux Français et notamment des officiers blessés. L'un d'entre eux me parle d'une enfant qu'il a aperçue dans l'un des hôpitaux de la ville, et qui l'a ému. Je pars avec lui pour la secourir. Le Baron Desgenettes l'ausculte et la sauve, tout en donnant les conseils nécessaires pour l'alimenter doucement. Elle doit être la fille de Français qui ont habité Moscou.

– Pourquoi ne pas la recueillir, me dit l'officier ?

---

[55] Le Tsar, reconnaissant des soins qu'il avait prodigués aux soldats russes, le fit libéré et raccompagné aux avant-postes français par sa garde personnelle.

– Je ne possède plus rien, j'ai tout perdu ! Que pourrai-je faire pour elle ?

– Lui donner les soins, la protéger et lui servir de mère. Ce sera le denier de la veuve[56].

Le général Koutousov vient de nouveau à mon secours. Il me donne une somme d'argent. Son gendre, connaissant une Allemande à qui il a donné un passeport pour retourner dans son pays, lui demande d'emmener la petite chez une de mes parentes qui habite le Luxembourg. Je pourrai la rejoindre plus tard, après la fin de la guerre.

C'est ce qui est arrivé. Je la rejoignis quelques mois plus tard, et elle ne me quitta plus, jusqu'à sa disparition[57]. Je l'avais appelé Nadège, ce qui signifie espoir en Russe.

[56] Signifie que le pauvre offre ce qu'il a, c'est-à-dire pas grand-chose.
[57] Elle mourut en 1832. Elle était actrice à la comédie française.

Chapitre 25. Le 12 décembre 1812, Polowsk, à 629 kms de Moscou, Biélorussie.

Témoignage du médecin allemand Heinrich Ross.

J'ai eu la chance de me retrouver devant le général russe Wittgenstein qui m'a confié au médecin-major de son armée. Il s'agit du docteur Witt. Plusieurs médecins français soignent aussi les soldats russes et les prisonniers. On m'a affecté dans la ville de Polowsk où sont cantonnés 3 000 blessés, et où un seul médecin exerce. Il faut l'aider.

On me donne un traducteur russe qui parle allemand pour que je puisse interroger les malades. Nous manquons de tout, bandages, instruments de chirurgie, médicaments, désinfectants. Le typhus des armées sévit de façon importante. Cela tue plus de personnes que les blessures des combats. Je me remets, de mon état de faiblesse, grâce à la nourriture plus abondante, que je reçois. Je visite mes malades tous les jours, qui sont de moins en moins nombreux. Peu avant le Noël Russe[58], je me suis évanoui, lors de mes visites, en marchant dans la neige. Après avoir été transporté par des soldats dans la cabane où je loge, j'ai

[58] Nuit du 6 au 7 janvier.

déliré durant des jours, m'a-t-on dit. Reprenant par la suite conscience, j'ai compris que j'avais survécu au typhus. J'ai gardé cependant, durant des années, certains symptômes aux yeux et aux oreilles, souffrant énormément. Après ma guérison, au printemps, la situation s'est améliorée grandement. Des médicaments et des pansements nous ont été envoyés, ce qui m'a permis de sauver certains de mes malades. Ma réputation de médecin compétent me fait appeler par des familles nobles et riches des environs.

Cela me donne beaucoup d'avantages, et la vie est plus facile. Un jour, les combats étant finis, j'ai réalisé le plan que je me suis fixé, retourner à Studlenka, à l'endroit où l'Empereur a passé la Bérézina. Je pars en compagnie d'officiers du génie russe, dont la mission est de nettoyer le fleuve, et de reconstruire un pont.

Le village a été rasé. On y a dressé de nombreuses sépultures, où reposent des soldats de toutes les nationalités. Un major m'explique que durant tout l'hiver, on a extrait de la rivière quantité de cadavre, hommes et chevaux confondus. Puis, on a retiré quantité de butin, montres, argent, armes, décorations, que les paysans, commandés par des nobles du pays, ont dû remettre à leurs seigneurs qui se sont considérablement enrichis. Par la suite, ce sont des valises, des coffres, des malles qui sont sortis de la rivière.

Après les nobles de la région, ce sont les officiers et les soldats du génie qui se sont enrichis.

Voilà, le récit exact de cette année 1812, où j'ai échappé aux sabres, aux coups de fusil, aux boulets, au froid, et au typhus. Je m'en souviendrai toute ma vie.

Chapitre 26. Le 13 décembre 1812, Dresde, à 1828 kms de Moscou, Royaume de Saxe.

Témoignage du général Armand Caulaincourt.

Nous sommes arrivés aux abords de la ville vers minuit. Très vite, nous avons repris la route et nous avons continué à nous enfoncer dans les différents états allemands. Un incident déplaisant et inquiétant nous est arrivé dans le relais de poste de la petite ville d'Eisenach, dans l'État libre de Thuringe. Les chevaux avaient été commandés depuis longtemps. En arrivant, je constate que rien n'est prêt. Le maître de poste nous fait patienter en indiquant qu'il a réquisitionné les chevaux à des habitants et qu'ils arriveront bientôt. Mais le temps passe, et l'attente nous obligera à devoir traverser en pleine nuit, une région boisée et montagneuse.

Je suis préoccupé à l'idée que l'on puisse savoir que c'est l'Empereur qui voyage, et que l'on puisse attendre la nuit pour nous tendre une embuscade. Je sors pour interroger un valet. La totale absence de voyageurs me fait douter encore plus de la véracité des dires du maître de poste. J'interroge un postillon en lui demandant, s'il n'y a pas de chevaux. Il me montre du doigt, en cachette, l'écurie fermée. Je frappe doucement à la porte, en disant en allemand de m'ouvrir. Un valet de ferme m'ouvre et je découvre à l'intérieur une dizaine de chevaux prêts à être attelés. Les valets voulurent se sauver, j'en ai gardé deux en les menaçant de mon épée. Le maître de poste, averti par les cris, accourt et veut s'opposer à mon ordre d'atteler. Je prends celui-ci au collet, et lui enfonçant mon épée dans le ventre. Je lui ai crié que je le tuerais s'il n'obéissait pas. L'attelage a été mis, et nous sommes partis rapidement. Nous avons été sur le qui-vive[59] toute la nuit. Je vois maintenant le jour se lever avec beaucoup de plaisir, car jamais, la sécurité de l'Empereur ne m'a autant inquiété que durant ce voyage.

Nous arrivons enfin en France. Je le vois exprimer sa joie lors du passage du Rhin. Puis c'est l'arrivée à Paris, et les Tuileries.

Le lendemain, une dépêche nous apprend l'infortune grandissante de l'armée que nous avons laissée quinze jours auparavant. Une lettre de lamentation de Murat décrit l'ensemble.

---

[59] Cet incident suit l'apparition d'un officier français deux jours auparavant qui veut parler à Napoléon, se fait passer pour un secrétaire. Caulaincourt s'y oppose et le prend pour un espion. Il a ensuite le sentiment qu'ils sont suivis.

– J'aurai mieux fait de l'emmener à Paris avec moi, il ne sait pas faire ce qu'il faut. Il m'est attaché, mais il a une ambition et une vanité ridicules. Il se croit des talents politiques, alors qu'il en est démuni. Sa femme la Reine, ma sœur, a plus d'énergie dans son petit doigt que lui dans toute sa personne. Son seul talent c'est de savoir mener une cavalerie au combat. Toutes les personnes que j'ai nommées Rois ou Princes oublient bien vite que leur plus beau titre est celui de citoyen français. C'est aussi le cas de Bernadotte. Un traître à la patrie, il est en train de donner à nos ennemis la clé de notre politique, la tactique de nos armées, et il va donner le chemin de notre sol[60].

Il reçut ensuite ses ministres et leur dit.

– Et bien, Messieurs, la fortune m'a ébloui. Je me suis laissé entraîner au lieu de suivre le plan que je m'étais fixé et dont je vous avais parlé, prendre position à Vitebsk[61], organiser toutes les provinces polonaises, accabler la Russie par un déploiement de troupes sur son territoire. Et si ces dispositions n'amenaient pas le Tsar à la paix durant l'hiver, poursuivre notre route sur Moscou et Saint-Pétersbourg

---

[60] Ce fut le jugement qu'il porta sur Bernadotte dans ses mémoires. Le Tsar avait le projet en 1814, de remplacer Napoléon par celui-ci. Talleyrand fit tout pour faire échouer ce projet et pour mettre Louis XVIII à la tête du pays.

[61] Situé à quelques kilomètres de la frontière russe, en Biélorussie.

l'année suivante. Au lieu de cela, j'ai cru obtenir en un an ce que je prévoyais en deux ans. Je suis allé à Moscou, j'ai cru signer la paix, et j'y suis resté trop longtemps. J'ai fait une grande faute, il faut que je la répare.

Quelques jours plus tard, il apprend par une dépêche, la défaite de Vilnius.

– Caulaincourt, Murat a quitté Vilnius, L'armée, la garde s'est sauvée devant quelques cosaques. Le froid a fait perdre la tête à tout le monde, et le désordre a été tel qu'on a laissé sur la montagne après la ville, toute l'artillerie et tous les équipages des bagages et du trésor. Il n'y a pas d'exemple d'une telle bêtise. Tout a été perdu par la faute de Murat, un capitaine de voltigeur aurait mieux commandé l'armée que lui !

Je crois qu'il a compris ce jour-là que le pire allait venir.

Chapitre 27. Le 20 décembre 1812, Paris, à 2 765 kms de Moscou, France.

Témoignage de l'Empereur Napoléon.

Il est bien sûr faux de prétendre et de croire que c'est l'hiver russe qui nous a vaincus.

Quand nous sommes arrivés sur la Bérézina, il ne me restait que 50 000 hommes en état de se battre, sur les 300 000 que j'avais menés dans les territoires Russes jusqu'à Moscou. Certes, l'hiver est arrivé, mais j'avais déjà conduit des troupes dans des campagnes avec des températures plus froides. Je savais que l'hiver serait rigoureux, je ne suis pas idiot. Mais le mois d'octobre a été particulièrement doux. Le froid n'a commencé que début novembre. Il y eut même des périodes de dégel. Sinon, comment expliquer que l'on a dû construire des ponts sur la Bérézina ? À cette époque, les années précédentes, toute la rivière était gelée. C'est après le passage de la Bérézina, début décembre, que le froid intense a commencé, et a détruit le peu qui restait de l'armée.

Alors, comment expliquer ce désastre, sans détailler toutes les raisons qui l'ont provoqué ? Car elles furent nombreuses. La première d'entre elles fut le manque de ressources du pays. Cela provoqua la maraude, puis le pillage, et enfin la misère et le désespoir. Un de mes officiers, plus tard, m'a appris qu'à la traversée de la ville de Kwono, juste avant de repasser le Niémen, le pillage des magasins d'eau-de-vie avait provoqué la mort de plusieurs milliers d'hommes qui s'étaient enivrés et endormis dans la neige. Tous les régiments furent concernés, seule ma Garde conserva un semblant de discipline, jusqu'à mon départ.

Au début de cette campagne militaire, je ne voulais pas dépasser Smolensk ou Vitebsk, pensant que la victoire s'offrirait à nous dans une bataille traditionnelle, où après avoir harcelé les Russes. Mais ils se sont dérobés à chaque fois, et ce sont eux qui nous ont harcelés. J'ai continué à les poursuivre au-delà de ce que je pensais, m'enfonçant jour après jour, dans un pays de désolation. À la bataille de la Moskova, je les ai battus, et là j'ai commis l'erreur de ne pas poursuivre leurs régiments en retraite pour les anéantir. Je savais que la Russie était pauvre, mais je ne savais pas que la Biélorussie et la Lithuanie offraient les mêmes spectacles de pays désolés. J'avais prévu aussi des trains d'équipage en nombre, pour le ravitaillement, mais pas assez, pas suffisamment, pensant qu'une partie des vivres nous serait fournie sur place. J'avais même prévu des équipages de marins, pour remonter les rivières avec des convois de ravitaillement. Malheureusement, le débit des cours d'eau est trop faible en été, et trop chargé de glace en hiver.

J'ai aussi fait des erreurs en pensant que le vieux maréchal Koutousov ferait différemment, mais son âge et sa lenteur furent finalement des avantages pour les Russes, et des inconvénients pour moi. Je le faisais raisonner comme moi je raisonnais, grave erreur ! Nous ne connaissions pas le pays, et les cartes étaient fausses, ce qui nous conduisit à plusieurs reprises à des erreurs de direction. C'est à ces moments qu'il en profitait pour nous harceler, et couper nos lignes de ravitaillement. Je m'adresse souvent à des paysans du pays, pour connaître les routes et les chemins. Mais la plupart nous donnaient de faux renseignements.

Et puis, j'ai sous-estimé la résistance de l'Empereur russe Alexandre, je pensais qu'il signerait la paix lorsque j'ai envahi Moscou, je ne pensais pas qu'il déciderait et ordonnerait que cette ville soit détruite.

J'ai enfin méconnu aussi ce caractère slave qui fait que les Russes sont impulsifs et fatalistes. Ma rigueur et mon esprit cartésien ne me furent d'aucun secours.

C'est l'immensité d'un pays, dont la majorité des habitants sont encore des esclaves pauvres, qui ont provoqué la désorganisation complète de mon armée, et non l'hiver.

On va me reprocher bien sûr d'avoir abandonné les troupes, mais que pouvais-je faire ? Rester avec quelques milliers de soldats, pour être prisonnier ? Où partir avec quelques officiers et soldats, et revenir trois mois plus tard avec 300 000 hommes ? J'ai réorganisé l'armée, mis sur pied une artillerie nouvelle de 600 pièces.

Il est vrai que mon départ disloqua encore plus le reste des troupes. Ma garde qui n'obéissait qu'à moi, ne reconnut aucun chef. Murat après quelques semaines d'indécision et de peur prit la fuite, alors que je lui avais donné le commandement, pour rejoindre son petit royaume de Naples. L'hiver devint alors plus rigoureux et c'est à ce moment-là qu'il a vaincu le reste de mon armée.

Le prince Eugène, le général Rapp et le maréchal Ney ont sauvé ce qui pouvait être sauvé[62].

[62] Sur les 450 000 hommes qui passent le Niémen le 24 juin, moins de 30 000 le repassent le 13 décembre 1812.

Chapitre 28. Le 27 décembre 1812, Birsk à 1250 kms à l'est de Moscou, Russie.

Témoignage du sergent-major Joseph Martin.

Il semble que nous sommes arrivés à destination, dans cette petite ville de Birsk.

D'Odintsovo dans la région riche de Moscou, où ils m'ont fait prisonnier, jusqu'ici dans cet endroit désolé et désertique de la région de Bachkirie, j'ai parcouru un long chemin. J'ai d'abord été conduit à Kostroma à une centaine de lieues de Moscou. Après quelques jours, ce fut le départ pour Kazan, une ville située sur la Volga, puis Birsk.

Peu de nouvelles fiables des évènements de la campagne, à croire les officiers russes qui parlent quelques mots de français, ils remportent de grandes victoires, et notre armée est en fuite, difficile de les croire. Certains disent que notre Empereur est mort en traversant la Bérézina, qu'on ne l'a plus revu depuis. La nouvelle nous affecte, mais faut-il les croire ?

Je me suis mis à apprendre le russe, cela pourrait me servir un jour. Lors de ma capture, j'avais eu la vie sauve grâce à un capitaine russe, qui voyant mes galons et mon rang dans la Garde impériale empêcha les cosaques de me tuer.

Heureusement pour moi, les blessures n'étaient pas trop graves, et elles guérirent vite. Cela me sauva aussi, affaibli et ne pouvant marcher, les gardes m'auraient abandonné sur la route. Après quelques jours, je fus incorporé à une colonne de gradés de toutes armes, de toutes nationalités et de tous rangs. Nous étions exsangues. La faim, le froid, le manque de vêtements et de couvertures ont laissé de nombreux morts sur cette route qui nous menait jusqu'à l'Oural. On voyageait à pied, seuls les officiers supérieurs prenaient parfois place dans des voitures. La vermine nous rongeait, la soif et la faim nous torturaient.

J'avais appris par un officier que l'on nous transportait toujours plus loin à l'est à cause des nouveaux prisonniers que l'armée russe faisait jour après jour. Les gouverneurs des provinces où nous arrivions étaient débordés et nous envoyaient plus à l'est, toujours plus à l'est. J'ai compris aujourd'hui, le 27 décembre 1812, que c'est fini. C'est notre destination finale, de là à penser qu'il n'y a plus de prisonniers à faire, que la guerre est finie, certains d'entre nous le pensent.

Au cours du voyage, faute de place dans les endroits prévus pour nous loger, les officiers et sous-officiers étaient hébergés chez l'habitant, on nous donnait un bon de logement que l'on devait présenter. Ils étaient obligés de nous accueillir, mais beaucoup refusaient, sans crainte des conséquences. Tout s'achète ici en Russie, y compris le silence des autorités ou des soldats. Les conditions de vie de nos gardiens n'étaient pas meilleures, ils mourraient aussi de faim, de froid et de maladies. Un sergent français, qui avait rejoint notre colonne à Kostroma, m'a décrit le départ de Moscou et les difficultés que l'armée a rencontrées lors des premiers jours de la retraite. Je fus effaré de l'indiscipline qui avait régné. Il me décrivit le début de sa captivité, au bord de la rivière nommé Bérézina.

— On a été conduits par détachements de 300 à 400 hommes, escortés par des cosaques réguliers, qui ne nous ont pas trop maltraités. Nous avions les pieds gelés et l'on nous faisait coucher dans des endroits exposés au vent et au froid. Nos gardiens n'étaient pas mieux préservés que nous, ils mourraient aussi en nombre.

Début décembre, j'ai réussi à me procurer une cospodine, une sorte de manteau du pays, fait de peaux de mouton avec leur toison, cela m'a sauvé.

Chapitre 29. Le 10 janvier 1813, route de Vitebsk à 185 kms à l'est de Borisov, Russie.

Témoignage du pontonnier Augustin Thabard

On a pris la route après notre capture sur la rive gauche de la Bérézina, en direction de la ville de Vitebsk. Des miliciens armés d'une longue lance et d'un fouet nous maltraitaient, nous dépouillant de tout. J'allais comme mes compagnons pontonniers succomber lorsqu'un officier de l'armée régulière cosaque s'interposa, donna des coups de cravache à ces miliciens et les dispersa. Il cria des ordres à un détachement à cheval de sa troupe, et l'on nous rassembla pour nous garder de la vermine paysanne et des miliciens, qui sévissaient autour de nous.

Deux jours plus tard, nous avons repris la route. J'avais entouré mes pieds gelés de chiffons pour les protéger autant que possible. Malgré cela, je souffrais le martyre, et mes compagnons n'étaient pas mieux lotis. Le voyage fut difficile. À l'aube, nous étions toujours moins nombreux à nous relever. Nous étions parfois rejoints par d'autres troupes de prisonniers. J'ai ainsi fait la connaissance d'un soldat de la troupe du général Partouneaux. Il avait été fait prisonnier le 28 novembre avec toute sa division. Honoré Beulay était originaire de la Beauce, né en 1789, il me raconta le calvaire de leur retraite et la reddition de leur général. Je ne sais pourquoi, on a essayé de s'entraider et de survivre. Nous étions tous deux des fils de paysans, on se comprenait. Les semaines qui suivirent furent les pires de notre captivité.

Nous étions enfermés dans des cachots sans vivres et sans vêtements. La vermine nous rongeait. Les cosaques irréguliers qui nous gardaient, nous visitaient souvent, et nous battaient. Si l'on ne mourait pas de la faim ou de froid, c'était sous les coups. Comment Honoré et moi avons pu survivre ?

Mais chaque jour, nous reprenions notre route, après parfois de longues haltes pour attendre que le froid diminue, car nos gardiens souffraient autant des sévices du climat.

Plusieurs mois plus tard, au printemps, nous atteignîmes la ville d'Orenbourg, au sud de la Russie.

Chapitre 30. Le 12 janvier 1813, Dantzig à 1332 kms à l'est de Moscou, Russie.

Témoignage du pontonnier Louis Averty.

Le général Rapp a pris le commandement. Nous sommes sous ses ordres. Comment me suis-je retrouvé dans sa compagnie après que nous fûmes sortis de Vilnius ? Toujours est-il que sur la colline à la sortie de la ville, dans la confusion la plus totale, je le voyais comme le seul qui pouvait encore nous sauver de la mort ou de la captivité. Il a reconnu mon uniforme, l'un des sapeurs de la Bérézina, et il m'a dit de le suivre. Il avait deux guides juifs avec lui, qui nous fit prendre un chemin de traverse. Le lendemain, nous étions au-delà du Niémen.

Nous sommes arrivés rapidement à Dantzig, la garnison a été placée, sur ordre de Murat, sous les ordres de Rapp. La ville est faite pour être une place forte, nous avons pensé pouvoir résister. Le 12 janvier, nous sommes encerclés, le siège commence. Comme Rapp sait qu'il a pour mission de la tenir et de la défendre, il s'est rallié tous les pontonniers qu'il a croisés, c'est-à-dire très peu, un officier, le capitaine du second bataillon, un sous-officier, le sergent Andrieux et trois soldats, dont moi. Il nous a adjoint des sapeurs survivants et une compagnie s'est ainsi formée. Ne sachant pas dans quel état sont les fortifications, il a demandé au capitaine de lui faire un plan précis de ce qui existe et de ce qu'il faudrait pour soutenir le siège. Il faut tenir jusqu'au printemps, et l'arrivée des nouvelles troupes avec l'Empereur.

L'endroit est protégé naturellement par des fleuves et des montagnes. Malgré cela, des fortifications avaient été envisagées. Les travaux furent entrepris, mais ils ne furent pas terminés.

Ils ne servent pas à grand-chose, aucun magasin à l'abri des bombes, aucun endroit solide pour protéger les troupes, les casemates ne sont pas habitables, les logements pour les soldats sont en ruines, et tous les parapets défensifs se sont écroulés. Le général Campredon du génie nous a rejoints. À la demande de Rapp, il a pris les choses en main. De nouveaux ouvrages ont été construits, des anciens ont été consolidés, et un canal pris par la glace a été déblayé. Nous avons érigé des palissades qui peuvent contenir des charges et nous permettre de résister. Nous avons été fiers de nos ouvrages, exécutés malgré le froid et la faim qui sévit et les épidémies qui ravagent nos rangs.

Tous nos ouvrages ont cependant été détruits lors du dégel de la Vistule. Le fleuve s'est dégagé soudainement avec violence, et a tout emporté sur son passage. Pire, les magasins inondés, les redoutes minées par les eaux, les écluses rompues et les centaines de morts nous ont laissés sans grande défense, et avec un total désarroi, face à l'ennemi.

Je commence à penser que nous sommes maudits.

Chapitre 31. Le 30 janvier 1813, Dantzig à 1332 kms à l'est de Moscou, Russie.

Témoignage du général Jean Rapp

Je commande un amas confus de soldats. Les effectifs sont de 35 000 hommes, de toutes nationalités, mais seul le tiers est capable de se battre. Pour le reste, les maladies, les épidémies, la folie les empêchent de prendre les armes. Parmi les combattants, beaucoup sont sans expériences. Recrutés au début de l'année dernière, ils avaient été cantonnés dans cette ville, ou dans les autres places, que nous avions prévues tout au long de notre chemin vers la Russie.

Plus graves, depuis quelques jours les épidémies sont passées des troupes à la population. Les ravages sont considérables, et la ville devient un tombeau à ciel ouvert. Nous avons des hôpitaux et des médicaments, mais pas de vivres en quantité. Notre encerclement et l'hiver nous empêchent de nous approvisionner. Je fais interdire les funérailles, inutile de montrer des spectacles désolants. Au lieu de nous attaquer, alors que notre état de faiblesse aurait pu leur permettre de nous vaincre facilement, l'ennemi se contente de nous envoyer des missives pour promettre monts et merveilles aux soldats qui se rendraient, aux habitants qui les rejoindraient et nous trahiraient, aux officiers qui désobéiraient. Loin de cacher celles-ci, je les fais lire à la tête des régiments, ce qui me vaut la considération des troupes, pour la confiance que je leur témoigne. J'organise aussi des sorties pour enfoncer leurs lignes, les surprendre dans leur léthargie de conquérants, et leur démontrer qu'il faut encore compter sur nos valeurs de courage et de volonté.

Le 5 mars, ils se décident enfin, à lancer une attaque générale. Nos positions ont été bousculées, enlevées et parfois contournées. Mais les soldats ont repris courage, ont puisé des forces nouvelles et ont repris toutes les positions. Nous avons défait des milliers de Russes, fait des centaines de prisonniers, pris des pièces d'artillerie, brisée le moral de cette armée de Moldavie, la même que nous avions défait sur les bords de la Bérézina, j'ai reconnu leurs drapeaux.

Chapitre 32. Le 5 avril 1813, Moscou, Russie.

Témoignage du sergent-major Joseph Martin.

Un hasard du destin m'a fait revenir dans cette ville de Moscou, presque entièrement détruite. De la ville de Birsk, et après des conditions de détention effroyables, j'ai eu la chance de servir d'interprète et ensuite de percepteur à une famille de seigneurs russes, qui s'est réfugiée dans leurs terres lors de l'invasion française. Comme tous les nobles de la Russie, le Prince Bakhmetev dirige une armée de vassaux dans son fief de Bachkirie.

Il peut désigner ceux qui partiront combattre, ceux qui pourront se marier, et à quels moments, et même fixer le montant de leurs impôts. Il a le droit de leur infliger des punitions corporelles quand bon lui semble. Sa famille d'origine Tatare[63] habite la région depuis des siècles et ses quartiers de noblesse ont été fondés par son ancêtre Aslam Jérémie Bakhmet qui s'était mis au service du Grand Prince Vassilli au XVe siècle. Il m'expliqua avec force détails que ce Grand Prince Vassili, dirigeait la Moscovie, pays se

---

[63] Ne pas confondre les Tartares, nom donné aux peuples d'origines turques peuplant d'Asie du Nord et les Tatares, peuple situé au centre de la Russie.

limitant alors à la région qui entourait la ville. Les Tatares ravageaient le pays, son aïeul a changé de camp et s'est mis à son service. Il fut anobli. Lui maintenant, est enregistré dans la noblesse de Moscou, tout en gardant son domaine près de la ville de Birsk.

Il cherchait un Français, sachant parler le russe pour « éduquer » ses enfants dans notre langue. Il est vrai que les nobles sont francophiles et parlent presque tous le français. C'est ainsi que je fus « recruté » par le prince Alexis Nicols Bakhmetev[64].

Dès le début février, et sur la demande du Tsar, qui venait de créer la « commission des bâtiments», avec ordre d'élaborer un plan de circulation de la ville, il est reparti avec sa famille proche et quelques gardes. La non-destruction de sa villa qui est située dans les quartiers nord, à la périphérie de la cité, a facilité sa réinstallation. Mais par où commencer pour reconstruire le centre ? Tout manque, les pierres, le ciment, les artisans et l'argent !

Les paysans et les marchands reviennent et constatent qu'ils ont tout perdu dans l'incendie. Seules les familles nobles ne sont pas très nombreuses à revenir. La perte de

---

[64] Sa sœur, la princesse Varvara fut la préceptrice des enfants du Tsar Alexandre Ier.

leurs biens dans la capitale, quoique dérangeante, ne constitue pas pour eux un drame comme pour les autres.

Je n'ai pas à me plaindre de la famille qui m'a « recruté ». Les enfants ne manifestent aucune haine à mon endroit. La maîtresse de maison est enchantée de parler de la France et me pose d'innombrables questions sur Napoléon, tout en me faisant une cour discrète qui ne me laisse pas insensible. Seuls les domestiques laissent paraître leur haine dans leurs regards et leurs gestes à mon encontre. Il faut que je m'arrange pour ne jamais être seul avec plusieurs d'entre eux.

Le Prince est souvent absent, soit pour donner des ordres au conseil de reconstruction, soit pour reprendre du service contre nos armées, car il est aussi militaire. Le Tsar l'a nommé général pour commander une division. J'ai appris que les Russes ont franchi la frontière avec la Prusse, après avoir signé un traité secret avec le roi de ce pays, afin de continuer à lutter contre la France. Une nouvelle coalition pour nous combattre s'est formée.

J'ai passé ainsi l'année 1813 dans de bonnes conditions, avec un petit pécule amassé, grâce à la générosité de l'épouse. Au printemps 1814, on m'a signifié que sur ordre d'Alexandre Ier, on libère les prisonniers français qui souhaitent regagner la France. J'avoue que je me suis posé la question de savoir ce que j'allai faire. Mais le retour au pays a été plus fort que le reste. Et c'est ainsi que j'ai pris mes dispositions pour rejoindre mon pays nantais.

Je suis de fait démobilisé, puisque l'Empereur a abdiqué et que la Grande Armée a été dissoute.

Chapitre 33. Le 6 juin 1813, Orenbourg à 1414 kms au sud-est de Moscou, Russie.

Témoignage du pontonnier Augustin Thabard

J'ai survécu à l'enfer. De la ville d'Orenbourg en ce milieu de l'année 1813, on nous fait repartir vers Moscou. J'ai compris que l'on a besoin de nos bras pour reconstruire Moscou, et malgré mes pieds qui me font encore souffrir, et ma difficulté à me mouvoir, ma connaissance des constructions en bois les intéressent.

Je prends donc place de nouveau, dans une colonne de prisonniers en direction de l'ouest, mais dans des conditions différentes. Le temps est au beau, le froid a disparu. Les vivres que l'on nous distribue sont plus importants. Les cosaques, qui nous gardaient, ont disparu, remplacés par des unités régulières. Eux, on les a envoyés plus à l'ouest pour envahir la Prusse et l'Allemagne. nous a-t-on dit. Les coups de fouet, les brimades ont presque disparu.

Les nouvelles du pays que nous recevons ne sont pas brillantes. Nos troupes reculent, malgré quelques victoires, que nous apprenons par de nouveaux prisonniers faits durant ces derniers mois. On a appris que la Prusse et l'Autriche d'alliés, sont devenues nos ennemis, et que les provinces allemandes se soulèvent les unes après les autres, contre l'Empereur. Des émeutes éclatent dans certains départements hollandais et belges, du fait d'une conscription toujours plus importante qui incorpore tous les hommes en état et en âge de se battre.

Arrivé à Moscou, deux mois plus tard, je suis « placé » chez un artisan qui fabrique des panneaux de bois pour construire les nouvelles maisons du centre-ville. À partir de maintenant, tous les prisonniers reçoivent quinze kopecks par jour, ce qui améliore fortement notre ordinaire. L'achat de vêtements et de chaussures me permet de me débarrasser de la vermine que j'avais sur moi depuis si longtemps.

En tant que prisonnier artisan, on me propose maintenant de travailler dans le bâtiment avec un contrat assorti de conditions financières non négligeables pour aider à la reconstruction des édifices détruits. Celles-ci sont assorties d'une proposition de naturalisation. N'oubliant pas ce que j'ai enduré avant, et pensant « trahir » en acceptant cela, je n'accepte pas cette proposition. Mon ami, Honoré Beulay, a été, avant l'enrôlement, ouvrier dans une menuiserie. Il a accepté.

– Tu comprends Augustin, je vais grâce à cela retrouver une vie presque normale, oublier ces mois où l'on a connu l'enfer. Je souhaite retrouver une vie de civil, ne plus penser à cette campagne où tous mes compagnons de régiment sont morts à côté de moi. Et puis, personne ne m'attend en France, mes parents sont morts, pas de femme, peu de famille, pas de terre, c'est aussi pour cela que je me suis enrôlé dans l'armée.

J'ai bien remarqué depuis quelques mois que la fille de l'artisan avec lequel on travaille ne lui était pas indifférente, et cela a l'air d'être réciproque. Cette fille c'est le seul enfant d'Igor Demidoff l'artisan, pas de garçon, et j'ai la forte impression que le fait qu'Honoré puisse épouser sa fille et prendre sa succession dans cette petite affaire lui plairait bien.

– Tu as raison Honoré, je ne te juge pas. Pour moi, c'est différent, j'ai encore ma mère qui est vivante et qui doit m'attendre. Il faut que je reprenne mon ancien métier et que je puisse l'aider pour ses vieux jours. On parle de nous libérer un jour, j'attends ce moment.

Il faut aussi que j'avoue que je ne supporte pas les coutumes et les mœurs de ce pays, alors autant partir dès que je le pourrai.

Chapitre 34. Le 30 janvier 1814, Dantzig à 1332 kms à l'est de Moscou, Russie.

Témoignage du pontonnier Louis Averty.

J'ai survécu aux escarmouches, aux excursions des cosaques, aux batailles rangées, à la faim, à la maladie, et je me demande comment je peux encore être vivant après un an de siège dans cette ville ?

Je sais que c'est la fin. On manque de tout. Mais c'est surtout les nouvelles que nous recevons par les journaux et les dépêches que ne manquent pas de nous envoyer nos ennemis au bout des lances de leurs cavaliers, plantées sur les portes de bois, nous indiquant les revers de notre armée, qui nous consternent. Les territoires perdus et la retraite sur le sol français ne manquent pas de finir de nous briser le moral.

Au milieu de l'année 1813, et après une bataille dans les villages aux alentours des murs de la ville, un messager, officier français, vint apporter la nouvelle à l'état-major ennemi et au général Rapp, qu'un armistice[65] avait été signé entre Napoléon et les forces coalisées, sous l'égide de

[65] Signé le 4 juin à Pleiswitz. Napoléon vient de reconquérir tous les territoires perdus en 1812, à l'exception de la Pologne, mais il ne peut profiter de son avantage, faute de cavalerie. Les deux camps signent cet armistice pour reconstituer leurs forces.

l'Autriche. On a accueilli avec des transports de joie cette nouvelle. On a été ému en apprenant que nos armées avaient encore gagné quelques victoires[66]. On s'est mis aussi à espérer en une paix qui nous permettrait de rejoindre le pays. La trêve a été rompue le 25 août et les combats ont repris. Rapp avait profité de cette trêve pour consolider les défenses. Il faut avouer que les Russes avaient agi de la même façon, comme si des deux côtés, on pressentait que ce bref moment de calme annonçait une autre tempête.

On avait aussi réorganisé l'administration et les forces. Beaucoup d'officiers étaient sans troupes, alors ils proposèrent de former un régiment d'élite, comme simples soldats, et se nommèrent la « dernière phalange ». D'autres mesures furent plus difficiles à prendre, notamment la décision du gouverneur Rapp, par crainte de la famine, d'expulser les enfants orphelins, les indigents et les mendiants de la ville. Des milliers de personnes quittèrent la ville. Les épidémies avaient cessé, c'était une bonne nouvelle. Une flotte anglaise croisait maintenant dans la Baltique, pour renforcer les 50 000 Russes qui entouraient la ville, c'était une mauvaise nouvelle. Face à cela, nous

____

[66] Victoires de Lützen, de Bautzen, de Wurschen. Les villes de Leipzig, Dresde, Hambourg, Lubeck sont reconquises,

sommes 8 000. Pourquoi avons-nous résisté durant les six mois qui ont suivi ?

Pour une raison simple, nous étions persuadés, officiers et soldats que Napoléon allait nous délivrer. Le début victorieux de sa campagne de l'année 1813, nous avait fait penser qu'il viendrait jusqu'au fin fond de la Prusse, ici à Dantzig, pour poursuivre sa course triomphale. C'est ainsi que l'on repoussa jour après jour les attaques, pensant jour après jour entendre les canons de la Grande Armée, sur les routes où nos régiments avanceraient pour nous délivrer.

Malgré cet espoir, la situation a empiré, avec le bombardement incessant de la flotte qui nous assiégeait et les bombes incendiaires que nous envoyait l'ennemi. À l'automne, les collines de la ville étaient entre leurs mains. C'est durant cette période, et avec les manifestes efficaces destinés aux troupes de Westphalie, de Prusse, de Bavière, de Saxe, de Pologne et de Naples, que les désertions se firent plus nombreuses. Chaque jour, nous devions reconstituer les postes de garde, dégarnis de ceux qui s'étaient enfuis. Petit à petit, il ne resta que des troupes françaises et allemandes, de quelques centaines d'hommes.

En octobre, les incendies ont ravagé la ville. Les nouvelles qui nous parvenaient ne nous laissaient plus espérer voir déboucher sur les chemins, nos bataillons. La famine se faisait de nouveau sentir, et il n'était plus question pour nos troupes d'organiser l'expédition du mois d'avril qui avait permis de faire rentrer des centaines de têtes de bétail dans les murs[67]. Toutes les nuits les cadavres des habitants morts de faim, couvraient les rues.

C'est en novembre que le gouverneur Rapp s'est décidé à mener des négociations pour une reddition. Le mois entier fut consacré à sa rédaction. Il avait été convenu entre lui et le Prince de Wurtemberg que la place serait rendue le 1er janvier, si elle n'était pas secourue avant cette date. Nos soldats sortiraient avec les honneurs, leurs armes et leurs bagages, rentreraient en France sous la condition de ne pas se battre contre la coalition pendant un an et un jour[68]. Après l'accord enfin signé, les dernières troupes étrangères purent sortir de la ville. Nous étions soulagés, pensant rentrer en bon ordre en France, et attendions avec impatience la date prévue, lorsque le Prince communiqua la nouvelle au général Rapp, le Tsar refusait les conditions. Il ne voulait pas notre retour en France, et voulait une capitulation complète. Il nous considérait comme prisonniers de guerre et voulait notre déportation en Russie[69]. La nouvelle nous atterra. Notre

[67] Le 27 avril, une troupe de 1 200 hommes « réquisitionne » près d'un millier de bêtes, du foin, de l'avoine, du seigle, et des vivres qu'ils feront transporter sur une flottille jusqu'à la ville.

[68] Convention signée le 27 novembre 1813.

général signa la capitulation le 29 décembre, et le 2 janvier nous sommes sortis de la ville, avec nos blessés.

Un an de lutte qui s'achevait. Maintenant, je suis prisonnier et je poursuis ma route avec les autres, au fin fond de la Russie.

---

[69] Il faut aussi dire que le même traité avait été signé lors de la reddition de la ville de Thorn, en Hollande, et que l'Empereur avait forcé les Français à combattre de nouveau sans attendre le délai convenu.

Chapitre 35. Le 25 février 1814, Vilnius à 881 kms à l'est de Moscou, Biélorussie.

Témoignage du pontonnier Louis Averty.

Hasard ou acte volontaire ? Je penche pour la seconde hypothèse, nos geôliers nous font faire le chemin de la retraite à rebours, peut-être pour nous montrer la désolation qui y règne encore. Nous sommes maintenant dans la ville de Vilnius, là où Murat a fui et où j'ai croisé le chemin du général Rapp.

Nous sommes 5 000 soldats à être sortis de la ville de Dantzig, et à rejoindre à pied la frontière russe. Chaque jour, nous laissons quelques morts sur la route. Nous avons ensuite traversé Minsk, puis Borisov où il ne reste que des ruines. Un torrent de souvenir remonte à ma mémoire, et je revois tous les compagnons que j'ai vus mourir ou que j'ai perdus comme mon ami Augustin. Qu'est-il devenu ?

Les officiers russes nous apprennent que la coalition commence à envahir la France, faut-il les croire ?

Notre détention n'est pas cruelle, nos officiers nous indiquent que cela est peut-être dû à une fin prochaine de la guerre, et que l'on serait peut-être libéré. Retourner en France, revoir le pays, et oublier…nous sommes arrivés à la fin du printemps à Moscou. Lors d'un interrogatoire, mon corps d'affectation et mon ancien métier les ont fortement intéressés.

– Vous allez reconstruire la ville, c'est juste puisque c'est vous qui l'avez détruite !

Pour l'officier qui me parle, il ne fait aucun doute que c'est notre armée qui avait brûlé la ville. Inutile de lui dire ce que j'ai vu. Les incendiaires que l'on prenait avec les torches allumées, et que l'on pendait ou fusillait immédiatement. On me dit que l'on va reconstruire le « Palais des Armures » de la forteresse du Kremlin, et que je vais y participer. Il est vrai que c'est l'une des constructions qui a le plus souffert des pillages, des destructions et de l'incendie.

Quelques semaines après mon arrivée, j'ai appris que l'Empereur a abdiqué. Un roi, Louis XVIII, le frère de celui qu'on a guillotiné, gouverne la France. Un traité de paix a été signé fin mai entre la France et la coalition. Le nouveau roi organise le retour des prisonniers français[70]. Une convention prescrit leur retour et stipule les conditions de celui-ci. Je me rends dans un bâtiment, où je remplis quelques papiers, on me donne une petite somme d'argent pour pouvoir subsister lors du voyage. Cela ne suffira pas, je devrais trouver du travail en cours de route, ou me débrouiller pour trouver la nourriture nécessaire. Je suis bien décidé à partir rapidement. Je sais aussi que cela va durer des mois.

Il faut que je trouve des compagnons de voyage, l'entreprendre seul est risqué. Le ressentiment des Russes contre nous, est encore vif, et notamment celui des paysans.

Je me suis aperçu que la corruption des élites et des fonctionnaires russes est une institution aussi forte que leur amour de la religion. Plusieurs de mes compagnons d'infortune m'ont expliqué que les gouverneurs de certaines régions retiennent les prisonniers français qui ont de l'argent,

---

[70] Le général Antoine Maurin fut désigné par Louis XVIII pour organiser ce retour. La Russie déclara détenir 40 000 prisonniers français, des campagnes de 1812, et des années suivantes. Sous la pression des autres alliés qui l'accusa de détenir des esclaves à bon compte, elle déclara finalement détenir 160 000 prisonniers, dont 40 000 de la retraite de 1812.

et les forcent à leur en verser une partie pour les laisser prendre la route. Ils ne repartent que lorsqu'ils se sont acquittés de ce droit de péage.

Devant un relais de poste, je me suis mis à calculer la distance que je pouvais faire en calèche avant de continuer à pied. Je suis décidé à m'éloigner de cette ville rapidement.

– C'est cher ! Tu prends aussi la diligence ?

– Non, je crains que mes moyens ne me le permettent pas. Je n'ai que la somme d'argent minime allouée pour le retour.

– À ton parler et ton accent, je pense que tu es du pays ?

– Oui, Saint Jean-de-Boiseau ! Caporal[71] Louis Averty, pontonnier du général Eblée.

– Sergent-chef Joseph Martin de Clisson[72]. Je ne vais pas laisser un « pays » dans le besoin, on va partager nos ressources, j'ai donné des cours de français durant un an, j'ai quelques moyens, on va se débrouiller.

[71] Il a été fait caporal durant le siège.
[72] Les deux villages sont distants de 40 kilomètres.

Chapitre 36. Le 14 novembre 1814, Bialystok à 1090 kms à l'ouest de Moscou, Biélorussie.

Témoignage du sergent-major Joseph Martin.

Je ne regrette pas d'avoir secouru Louis et d'avoir entrepris le voyage avec lui. En plus d'un compagnon agréable, son métier nous permet de nous sortir de situations compliquées. Il faut parfois traverser des chemins difficiles, voire impraticables, à cause de la pluie, des ravages laissés par la guerre, ou maintenant par le gel. Ses petites constructions de passage nous permettent d'avancer sans encombre.

Nous nous sommes mis d'accord, pour éviter la vengeance des paysans russes. Nous sommes, à ce jour, napolitains, Louis est muet des suites d'une blessure, et moi comme je parle le russe, je peux nous sortir de situations périlleuses que nous connaissons parfois. Nous sommes souvent entourés d'une foule hostile quand nous devons traverser les villages et les villes où l'on voit encore les stigmates de la guerre. Nous avons acheté des habits traditionnels russes, et évitons le plus possible les lieux habités. À deux, nous sommes moins repérables. D'autres prisonniers se sont regroupés pour faire le voyage. Leur nombre a fait remonter des souvenirs douloureux aux populations qui revoyaient les hordes sauvages des déserteurs de la Grande armée qui les avaient détroussées et brutalisées.

Il faut que nous traversions les contrées les plus froides avant l'arrivée de l'hiver russe. On a gardé de l'argent pour acheter des vêtements chauds quand il sera là. Nous avons été prévoyants et cela nous a sauvés.

— Que vas-tu faire, Louis en rentrant au pays ?

— Cultiver la terre, et élever des bêtes[73]. J'ai trop souffert de la faim durant plus de deux ans pour ne pas faire ce métier. J'en ai souvent rêvé, et toi ?

— Je crois que je vais m'installer comme marchand, j'ai compris durant ces années que j'avais des dispositions pour vendre et acheter. Je m'installerai à Nantes[74]. Je trouverai bien une fille à marier, puis j'aurai une famille.

Nous continuâmes notre route, début octobre, nous étions à la frontière de la Biélorussie. Dans la ville de Bialystok, nous avons fait une halte durant une semaine pour nous reposer. Nous avons fait un tiers du chemin. Mais c'était le plus dur. Nous avons ensuite continué, vers la Pologne, puis l'Allemagne, puis la Belgique, nos trajets ont été plus courts à cause des nuits plus longues et de la neige qui rendait le

---

[73] Il fut cultivateur, puis arpenteur dans sa ville natale.
[74] Marchand drapier dans la ville de Nantes, il se maria en 1819.

chemin plus difficile. Au milieu du mois de décembre, nous avons passé la frontière de la France, à Maubeuge. Il nous reste peu de chemin à faire, dans un climat plus doux et sur un territoire ami.

Le 8 janvier 1815, nous avons aperçu la ville de Nantes. Nous avons pleuré tous les deux. Nos routes se sont séparées, Louis part à l'ouest rejoindre son village, et moi vers le sud-est pour rejoindre le mien. Nous avons juré de nous revoir le plus rapidement possible.

Nous ne nous sommes jamais revus ! Pourquoi ? Peut-être à cause de tant de souvenirs douloureux !

Je ne parle jamais de mon compagnon de voyage, y compris à ma famille. Je ne sais pourquoi.

Chapitre 37. Le 25 juin 1817, Saint-Jean de Boiseau à 3140 kms à l'ouest de Moscou, France.

Témoignage du pontonnier Augustin Thabard.

Je me suis mis sur le bord du chemin, pour laisser passer la diligence qui vient de Nantes.

Je vois le clocher de mon église. Enfin, je suis arrivé. Un an que je marche à travers l'Europe, avec des blessures aux pieds. Cela date de la construction des ponts dans l'eau glacée de la Bérézina. Combien de mes compagnons sont morts pour faire passer l'armée ? Combien ont survécu au froid ou sont morts en captivité, ou sur la route du retour ? Je suis peut-être le seul à avoir survécu !

Je regarde la maison familiale, cette petite masure au bord du chemin, près de la rivière de la Loire. Mon père est mort depuis longtemps, mais ma mère ? Je l'aperçois maintenant sur le pas de la porte, elle me regarde, méfiante ! Suis-je donc si vieilli qu'elle ne me reconnaît pas ?

– Bonjour, Mère, me voici après si longtemps !

– Pourquoi, m'appelez mère, mon fils est mort en Russie !

– Non, c'est moi Augustin, tu ne me reconnais pas ?

– Non, vous n'êtes pas mon fils, il était plus grand, il avait les cheveux blond et pas blanc comme vous. Il n'était pas courbé, vous êtes un vieillard, lui, il aurait eu 30 ans.

– Ah, comment faire mère pour me reconnaître ?

– Partez tout de suite, ne revenez pas ! Partez d'où vous venez !

– Mes pieds ! Vous me disiez quand j'étais petit que j'aurais de la difficulté à me chausser quand je serai grand ! Vous vous souvenez ! À cause de mes orteils qui sont mal faits !

Je me déchausse difficilement, mes pieds me font encore souffrir, et je montre à ma mère mes orteils qui se chevauchent depuis ma naissance.

– Ah, c'est toi, et moi qui ne te reconnaissais pas ! Tu as tellement vieilli ! De toute façon, tu n'aurais pas pu retourner en Russie avec ces pieds-là !

Je suis rentré dans la maison familiale, les souvenirs affluent, mais pas ceux de mon enfance ! Non, ceux de la Bérézina !

Épilogue. **Le 15 avril 1821, Longwood House, Sainte Hélène, à 10 247 kms au sud-ouest de Moscou.**

Témoignage de l'Empereur Napoléon.

J'ai demandé le buste de mon fils pour le mettre au pied de mon lit. Je dois rester au lit, je suis gravement malade.

S'il y avait eu quelques traîtres de moins, la France serait restée la maîtresse du monde. Si je n'avais pas entamé la campagne de Russie, je serai resté l'Empereur de cette France[75].

Cela devait être la dernière guerre, puisqu'au-delà de la Russie, l'Europe finit. Je devais faire celle-ci en deux campagnes, mais j'ai voulu la faire en une seule. Ce fut ma perte.

Sur l'instant, ma décision me plut, car avec l'âge, je commençais à avoir de l'inquiétude, de l'indécision, et des doutes. Au lieu d'assurer le terrain et mes arrières, je traversais la Pologne, traversais le Niémen, battais les armées russes et entrais dans Moscou. Ce fut le terme de mes succès, cela aurait dû être le terme de ma vie. Après, la fortune m'abandonna. L'Angleterre conclut un traité avec la Russie,

---

[75] Il meurt le 5 mai 1821.

un Français tombé par hasard sur le trône de Suède s'allia avec mes ennemis, et oublia qu'il était français, il traça lui-même le plan de conquête que devait suivre la coalition pour nous combattre sur le sol de son pays natal.

Je voulais faire la paix après cette campagne désastreuse, mais c'était un mauvais moment après une défaite, et mes revers allaient provoquer des cris de joie chez mes ennemis. Aussi, ils me firent part de conditions inacceptables pour la France.

Je crois que de grands succès et de grands revers ont marqué mon histoire, et m'ont perdu.

Mémoires de Napoléon écrit sous sa dictée par l'un de ses valets de chambre, île de Saint Hélène, 1821.

FIN

À suivre : « Les Flanqueurs du Rhin »

Après la retraite de Russie.

En janvier 1813, Napoléon accepte la médiation de l'Autriche pour proposer un traité de paix. Au même moment, il signe un décret impérial pour lever 350 000 hommes dans une nouvelle conscription. Des deux côtés, on ne veut pas de la paix.

La Russie et la Grande-Bretagne veulent la chute et la destitution de Napoléon. Ils sont rejoints par La Prusse, l'Autriche, la Suède, puis les états allemands qui les uns après les autres rejoignent la sixième coalition. Napoléon ne veut pas d'un traité de paix qui amputerait l'Empire d'un certain nombre de territoires.

La campagne d'Allemagne démarre au printemps 1813. Pas de victoire ou de défaite décisive durant des mois. En octobre, devant Leipzig, 200 000 Français, quelques milliers d'Italiens et de Saxons font face à 400 000 hommes, issus des autres pays d'Europe.

La bataille des Nations va démarrer, elle durera quatre jours.

Annexe 1 : Les prisonniers oubliés de la campagne de Russie.

Le 2 avril 1814, Alexandre Ier intervenait à Paris devant le Sénat. Après avoir réagi à la déchéance de Napoléon proclamée quelques instants plus tôt, il déclara « pour preuve de cette alliance durable que je veux contracter avec votre nation, je lui rends tous les prisonniers français qui sont en Russie. »

Sur un total de 450 000 hommes qui traversèrent le Niémen le 24 juin 1812, on estime que 150 000 à 200 000 hommes valides, blessés ou malades furent faits prisonniers. Souvent, une mort atroce les attendait par les cosaques, les partisans ou les paysans. Un conseiller britannique du Tsar a décrit à l'époque les traitements infligés : « *Une fois dépouillés de leurs biens et de leurs vêtements, les prisonniers étaient soit exécutés sur place, soit enterrés vivants ou brûlés vifs, ou bien encore, remis à des paysans qui, après les avoir torturés, les mettaient à mort en se livrant souvent à des rituels païens* ».

Cependant, quelques dizaines de milliers échappant à cette mort immédiate, et connurent des fortunes diverses. Pour beaucoup, on les fit voyager à travers la Russie pour les emmener dans d'autres régions, plus à l'est. Il n'y a pas de camps à proprement parler, on demandait parfois aux familles russes de les accueillir, moyennant une petite somme d'argent, et la possibilité de les employer pour des travaux divers.

Dans le courant de l'année 1813, alors qu'on peut estimer le quart des captifs encore vivants, ils reçoivent une petite somme d'argent par l'administration russe, à la demande du Tsar, pour pouvoir survivre. En juillet de cette même année, le ministère russe de la Police rédige une loi qui offre aux prisonniers d'origine paysanne de rester en Russie, libre de leur culte et de leur mouvement, recevant un lopin de terre et exemptés d'impôt durant plusieurs années. Aux artisans et ouvriers, il leur est proposé de travailler dans des manufactures ou dans le bâtiment pour reconstruire les maisons et les édifices détruits par la guerre. Ils peuvent se faire naturaliser en choisissant la citoyenneté russe pour trois ans ou de façon définitive. Toutes ces mesures ont pour but de repeupler la Russie, après les centaines de milliers de morts de cette guerre. Sur le quart resté vivant, un quart a choisi ces offres, soit environ 10 000 hommes.

On eut la surprise bien des années plus tard, après la révolution de 1917, de voir des demandes de naturalisation française pour des descendants russes de la Grande Armée. En 1837, à Moscou, on dénombrait quelques milliers de

Français descendants de la Grande Armée, et 1 500 vétérans de 1812.

Des milliers de prisonniers rentrèrent à partir de 1814, jusqu'en 1820, aidés en cela par la décision d'Alexandre Ier de les libérer et une petite somme d'argent que l'administration russe leur donnait pour le voyage. En 1817, trois navires comptant 900 hommes arrivèrent au Havre.

Ces survivants décrivirent pour la plupart, un peuple russe qui les haïssait, et une élite, francophone et francophile, qui les traitait correctement, d'où la différence de traitements pour ceux qui seront placés dans des familles aisées.

Annexe 2 : Les pontonniers

À l'origine, deux compagnies de bateliers du Rhin forment en 1792, le noyau d'un bataillon de pontonniers. Après une réorganisation en 1795, ils deviennent un corps rattaché à l'artillerie. Leur mission est de construire et d'entretenir des ponts. En 1810, un accroissement des effectifs est constitué par des pontonniers hollandais, leur savoir-faire est connu. Deux bataillons font partie de la campagne de Russie.

À Orcha, le 19 novembre 1812, Napoléon donne l'ordre de donner les chevaux des attelages des pontonniers pour les pièces d'artillerie, et de détruire les voitures et 60 bateaux destinés à construire des pontons flottants, malgré l'opposition du général Eblé. Il pensait que le pont de la ville de Borisov serait intact, il ignorait que les Russes l'avaient détruit deux jours avant le passage. Le premier bataillon qui se distingue lors de la construction disparaît complètement.

La construction des ponts flottants demandait un matériel important, c'est pour cette raison qu'ils étaient rattachés à l'artillerie, bénéficiant des trains d'équipage, et non au génie.

Annexe 3 : Le grand incendie de Moscou

Le 14 septembre 1812, les avant-gardes françaises entrent dans la ville de Moscou, désertée par la population. Le soir, des incendies se déclarent. On les attribue dans un premier temps, à des soldats qui auraient mis le feu lors des pillages des magasins. Quelques heures plus tard, c'est tout le centre de Moscou qui est en flamme. Le Kremlin où s'est installé Napoléon est cerné par l'incendie, il doit fuir.

On lui apporte une affiche rédigée par le gouverneur de Moscou, Fiodor Rostopchine, qui indique qu'il avait embelli sa villa pour vivre heureux avec sa famille, mais qu'il y met le feu pour qu'elle ne soit pas souillée par sa présence, et qu'il ne trouvera que des ruines.

Le plan, qu'il a conçu avec l'accord du Tsar, est le suivant : il fait évacuer les malades et blessés de la ville, crée rapidement une milice chargée de faire respecter ces consignes, et fin août fait évacuer d'autorité la majorité des habitants de la ville vers l'est. Ensuite, il organise l'évacuation des biens les plus précieux de l'État russe et de l'Église. Toutes les pompes à eau sont sorties de la ville, ou détruites.

On a retrouvé une lettre écrite à l'un de ses amis, où il indique : « *On ne tombera pas aux mains du méchant. La ville sera réduite en cendres, et au lieu d'un riche butin, Napoléon ne trouvera qu'un amas de poussière à la place de l'ancienne capitale de Russie »*.

Avant de partir, la population pille les maisons abandonnées, et emporte des stocks de nourriture pour essayer d'en priver les Français qui arrivent.

La population qui reste à leur arrivée, comprennent des étrangers, des serviteurs, des serfs, des pauvres, et des prisonniers que l'on a fait sortir de leurs lieux de détention.

À Moscou, il existe une importante communauté française. Ils ont fui la Révolution française, nobles, ecclésiastiques, ou militaires des débris de l'armée de Condé. Puis lors des conquêtes impériales des années suivantes, ceux qui étaient installés d'abord en Allemagne ou en Prusse sont partis en Russie. Cette population viendra grossir la foule des civils de la colonne de retraite. Ils ont accompagné l'armée, de peur des vengeances de la population paysanne qui ne fait pas de différence entre un français bonapartiste ou royaliste.

Rospotchine, tout en niant être l'initiateur de l'incendie, reste gouverneur de la ville jusqu'en 1814. Malade, il démissionne en septembre, voyage ensuite et vint s'installer à Paris à partir de 1817. Auteur d'un livre, en 1823, « La vérité sur l'incendie de Moscou », où il continue à nier en être l'organisateur. Il finit son livre par ces mots : « J'ai dit la vérité et rien que la vérité ».

Quelques semaines avant sa mort, en 1826, il reconnut en être l'auteur.

Bibliographie, Référence, Essais, et Œuvres.

- La vie militaire sous le Premier Empire, d'Elzéar Blaze, 1837.
- Histoire de Napoléon et de la Grande Armée en 1812, Comte Philippe Ségur, 1824. Tome 1 et 2.
- Correspondance de Napoléon Ier, Tome 12, édité chez Plon, 1863.
- La vérité sur l'incendie de Moscou, par le Comte Rostopchine, 1823.
- Campagne de Russie, par le lieutenant Fabry, section historique de l'armée, 1902.
- Mémoires du sergent Bourgogne 1812, par Paul Cotin, 1910.
- Les cahiers du capitaine Coignet, par Larchey, 1883.
- Mémoires de chirurgie militaire par le docteur Larrey, 1817, Tome 6.
- Vie politique et militaire de Napoléon, par le Baron Henri de Jemini. Tome 1, 2, 3 et 4.
- Cours de fortification militaire par le général de Bellavène, 1812.
- Mémoires de l'amiral Tchitchagov, campagne de Russie. 1855.
- Lettres du général Partouneaux, 1817.

- Manuscrit de 1812 pour servir à l'histoire de l'Empereur Napoléon, par le baron Fain, 1827.
- Mémoires du général de Caulaincourt, édition de 1933, tome 1 et 2.
- Souvenirs d'un médecin de la Grande Armée, par Mme Lamotte, édition traduite de l'allemand, 1913.
- Mémoires du général Rapp, 1823.
- Histoire de Bernadotte, roi de Suède et de Norvège, par Touchard-Lafosse, 1858.
- Œuvres de Napoléon Bonaparte, 1821.
- Lettres sur la guerre de Russie en 1812, par le Vicomte de Pinbusque. 1816.
- La campagne de Russie, mythes et réalités par Nathalie Petiteau, 2012.
- Les propriétés du froid et la campagne de Russie, d'après la thèse de par Maricheau-Baupré en 1817, de Jean-Jacques Peumery.
- Les Français en Russie de 1789 à 1917, par Paul Gerbod, 1985.
- Les prisonniers oubliés de la campagne de Russie, par Régis Baty, 2012.
- Le retour des prisonniers français en Russie, par François Houdecek, 2014.

- Moscou avant et après l'incendie, par Lecointre, 1814.
- Souvenirs d'une actrice, par Louise Fusil, 1832.

Dépôt légal octobre 2018, ISBN : 979-10-94133-30-9

JMB EDITIONS

Couverture © **Matthias Becquet**

Prix 9,00 €